［美］赫尔曼·梅尔维尔 著

杨天庆 译

白鲸

四川文艺出版社

图书在版编目（CIP）数据

白鲸/（美）赫尔曼·梅尔维尔著；杨天庆译. —2版.—
成都：四川文艺出版社, 2021.11
　ISBN 978-7-5411-6125-4

Ⅰ.①白… Ⅱ.①赫…②杨… Ⅲ.①长篇小说—美国—
近代 Ⅳ.①I712.44

中国版本图书馆CIP数据核字（2021）第192485号

BAIJING
白鲸
[美]赫尔曼·梅尔维尔　著
杨天庆　译

责任编辑　金炀淏　叶　驰
封面设计　叶　茂
内文设计　史小燕
内页插画　刘泰辰
责任校对　蓝　海
责任印制　崔　娜

出版发行　四川文艺出版社（成都市槐树街2号）
网　　址　www.scwys.com
电　　话　028-86259287（发行部）　028-86259303（编辑部）
传　　真　028-86259306

邮购地址　成都市槐树街2号四川文艺出版社邮购部　610031
排　　版　四川最近文化传播有限公司
印　　刷　四川五洲彩印有限责任公司
成品尺寸　145mm×210mm　　　开　　本　32开
印　　张　4.75　　　　　　　　字　　数　110千
版　　次　2021年11月第二版　　印　　次　2021年11月第一次印刷
书　　号　ISBN 978-7-5411-6125-4
定　　价　19.00元

我要与你厮斗到底，
即使到了地狱中心，
我也要朝你刺去。

CONTENTS
目录

第一章　蜃景初现

　　大家就叫我以实玛利吧。几年以前，我口袋里的钱几乎所剩无几；此外，在岸上也没有什么让我特别感兴趣的事儿；于是，我想该出海去逛一下，看看世界上被水淹没的地方。每当我发现越来越沮丧的心情显现在嘴边时，每当我的心情如同潮湿、阴雨绵绵的十一月时，每当我发现自己不由自主地停步在棺材铺前时，我就认为该出海了，而且应该尽快成行。在我看来，出海替代了手枪与子弹。加图拔剑自刎，彰显冷静的姿态，而我却悄悄地离岸上船，这没有什么可大惊小怪的。如果大家想知道我对大海的认识，大多数人迟早都会与我的感受相差无几。

　　为什么几乎所有的身心健壮的小伙子在不同时期都十分渴望出海呢？当你作为乘客首次航行，首次被告知你的船和你自己这会儿已经远远地离开了陆地，那么你为什么会有这般的神秘振动呢？那西萨斯的故事含义依然更为深邃，因为他不能从折磨中解脱出来，便投水溺亡了。但是，那同样形象，与我们在所有的河流和海洋亲眼所见的如出一辙，是生命中不可企及的幻影，是一切关键之所在。

　　这一来，每当我开始感到眼睛视力模糊时，开始过度关注自己的肺部情况时，我就会说我习惯了出海，但这并不由此推断我以乘客身份出过海。乘客要晕船，会吵吵闹闹，夜晚还不睡觉；一般来说，他们过得不那么快活。不，我从未以乘客身份出海过。虽然我在社会上还有点身份，但也没有以船队司令、船长或厨师的身份出过海。

每当我出海时，我只是一名水手而已，要在桅杆前工作，要进入甲板下面的水手舱，还要爬到桅杆顶端。真的，他们乐于使唤我做这干那，让我在桅杆间跳来跳去，如同五月草地上的蚂蚱似的。起初，这种事情让人感觉挺不愉快的。但经过了一段时间后，也就无所谓了。你觉得天使长迦百列会因我在特殊的情况下迅速又恭敬地服从那老混蛋而小看我几分吗？谁又不是一个奴隶呀？你说呢？

我总以水手身份出海，是因为他们得为我的劳作支付工钱，而我却从未听说过他们付给乘客们一分一文。相反，乘客们自己还得付费。不过，在我多次作为商船水手出海后，是什么缘由使我现在竟然想到要与捕鲸船一同出行呢？为什么舞台经理——命运之神——把我放置在捕鲸船，要我准确地扮演这种捕鲸航行的寒酸角色呢？我不得而知。然而，现在回想起当时发生的种种情况，我认为自己或多或少也能够看出此事的起源和动机。

当然，最主要的动机就是大白鲸本身，它在我脑海里挥之不去。这种庞然怪物既可怕又神秘，引起了我极大的好奇心；其次就是茫茫狂野的海域，白鲸翻滚着它那岛屿般的身躯；还有种种危险，真是难以名状，无从述说。我爱在禁海区域航行，喜欢登上野蛮人的海岸。由于这些原因，神奇世界的大门如防洪闸似的一下轰然打开。在不着边际的想象中，我的目的得以满足：无数的白鲸两两成行，排着队漂进了他的灵魂最深处；在它们的正中间，出现了一个巨大的幽灵，它头戴面罩，像空中的一座雪山。

以实玛利做了决定。他把一两件衬衫放进了用毛毯制作成的旅行袋，便动身去了合恩角和太平洋。最初，他从纽约航行到了新贝德福德，此地在19世纪50年代为世界最大的捕鲸港口。接着，他又从新贝德福德去了南塔基特岛。据他所说，此岛是"第一条美洲死鲸搁浅之地"，美国土著（红种人）在此地开始了捕鲸业；到了他出海航行之时，那里已是全国最好的、最富有的地方之一。捕鲸不是为了获取食物，而是为了更有价值的产品，如：结实柔软的鲸须和从鲸脂肪里提取的油脂，也称之为"鲸脂"。在发现石油可从地下抽出之前，世界上的照明用油和机器的润滑油主要是由捕鲸业供给的。

以实玛利隐藏了他的真实姓名，不管是什么理由，都无关紧要。但为什么选择去捕鲸呢？在这件事上，几乎可以确信他缺少坦诚。对大多数水手来说，这是不得已的下策。航海捕鲸要持续三四年，而且工钱很低。除去捕鲸船老板因工具丢失或损坏，以及别的理由扣罚的工钱外，捕鲸人很可能到头来一无所得。有人说，捕鲸船的气味比贩运奴隶的船还难闻；商船水手能够在几英里之外，单凭迟钝肮脏的外貌，一眼就可以认出捕鲸者。有些年轻人因浪漫的理由可能乘船出海（正如以实玛利所宣称的那样），可他们不是真正的水手（也像以实玛利说的那样），所以，他们弃船的概率也相当大。在遥远的太平洋岛屿上，年轻的美国人上岸就消失了，替代他们的常常是当时被视为食人者和野蛮人的人。在以实玛利的记录里，他在新贝德福德见过食人者在街角处聊天，野蛮显露无遗，其中有许多人还一丝不挂。这些"斐济人、东加托波亚尔人、埃罗曼哥亚人、邦南及亚人、柏莱及亚人"，让初来乍到之人目瞪口呆，惊诧不已。

当时，美国还在为可耻的奴隶制所困扰，但在船上干活的人，甚至真正的食人者通常都是自由的。不管以实玛利以前是干什么的，他肯定不是现在所讲的种族主义者。在新贝德福德的斯帕特客栈，他与名叫奎奎格的南海岛人分享他的住房，也包括他的床。奎奎格因在外销售骷髅头很晚才出现，不过，他很快就成了以实玛利最好的朋友。奎奎格信奉约鸠的小木神，他把木神放在航海包里随身携带。此外，奎奎格是个有预感的人。在捕鲸航行中，船上的木匠为他做了一口棺材。所有的人丧命了，这口棺材却保住以实玛利的性命。奎奎格和以实玛利到达了南塔基特岛后，奎奎格按照小木神的旨意，一定要以实玛利独自去选择一艘船。由于以实玛利对捕鲸业知之甚少，他感到前景不妙。结果，确实如此……

这会儿，奎奎格的计划，或者还不如说是约鸠的旨意，影响到了航船的选择。虽然我一点儿也不喜欢这个计划，但我丝毫未有小觑奎奎格的聪明睿智。我依靠奎奎格的计划去选择一艘既能够保证航行安全，又可以发财的最佳捕鲸船。尽管我提出了异议，可我的异议对奎奎格毫无作用。于是，我不得不默许了。第二天清早，我去了船坞码头，撇下了奎奎格，让他与约鸠闭门待在小客房里。我四下闲逛，寻东问西，这才知道有三艘船——魔闸号、珍闻号、裴廓德号——都可用于三年的航海。我窥探着魔闸号，又从魔闸号跳到珍闻号，最后登上了裴廓德号。我四下看了看裴廓德号船。片刻后，我拿定了主意，认为这才是我们所要的船。

其实，这是个古怪的决定，怪异的选择。最终，他们成了不敬神的船上的水手，船长也是不信神的。他们起航，开始了令人诅咒的航行。以实玛利描述了这艘船，那语言真令人毛骨悚然……

第二章　裴廓德号船

　　在你那时候，或许看到过很多离奇古怪的船，如：方头帆船、巨型日本舢板、黄油盒式的平底小船等。但相信我的话，你从未见过像裴廓德号那种极其古老的船。这艘船既老式又特别小，外形像旧式的钳爪。船甲板是旧的，破破烂烂，还有裂纹，像坎特伯雷大教堂里被朝圣者拜谒的石板，此板上曾流过贝克特的鲜血。此外，这艘船打扮得像是埃塞俄比亚皇帝，样儿野蛮，脖子上挂着笨重的抛光吊坠象牙。战利品在船上随处可见，像一艘"食人者"船，用敌人的骸骨给船装饰。船的舷墙没有嵌板，四周敞开，像个延长的下颌；巨头鲸的长尖牙于此嵌入，以充当钉子固定老麻绳和筋腱。在可敬的舵上，没有旋转舵轮，却炫耀似的安上了一个舵柄。那舵柄古怪稀奇，是用世代仇人的既长又窄的下颌骨雕刻而成的。从整体看，这艘船高贵，但不知何故，却让人感觉特别忧郁。可能所有高贵的东西都透着这种气息吧。

　　高贵的船，但特别忧郁……在以实玛利简要的描述里，这也许算是他能够用上的最不吓人的话语来形容裴廓德号船了。他谈到了朝圣者、坎特伯雷大教堂、在教堂那里遭谋杀的贝克特的血迹。可是，他却没有对我们说，裴廓德（或百戈特）曾是一个美国土著的部落，百年前被灭绝了。"裴廓德"这个名字是让人们不忘记那场大屠杀。舵手干活的区域被描述成"可敬"之地，但那个舵柄却是一根下颌骸骨。的确，捕杀鲸鱼的战利品装点了这艘船，它是野蛮的，是食人的。

以实玛利与拥有这艘船的两位陌生老人见面时，他的不祥预感在逐渐增强。他们曾经都是船长，是教友派信徒，一位叫皮拉德，另一位叫比尔达。他俩演了一场离奇的双簧，骗得以实玛利与裴廓德号船签订协议，其价格远低于他所预期的数额。以实玛利已经了解到，"分红"或航行所得利润均摊是这些船上船员的付酬方式；而且一个人的经验越多，越有用，所得的"分红"就越多。

作为一名船员，如果不是捕鲸手的话，以实玛利可得份额为红利的1/275；如果考虑到肩宽臂粗的话，他的报酬或许是红利的1/200。其实，他得到的仅为红利的1/300。以实玛利对比了奎奎格的协议后，就签约了。皮拉德船长不在意是否正确称呼了"野蛮人"的姓名，可奎奎格的长相引起了他的注意，并要求奎奎格展示他的本领。

奎奎格二话不说，就以他那种野性的方式蹦跳到船舷墙上，抓住他的标枪，用这样的方式大声说道：

"船长，你看到水那边的小柏油点了吗？看到了吗？好吧，假设它是鲸鱼的一只眼睛，看好，瞄着吧！"奎奎格准确地瞄准了小柏油点，他把那铁家伙投掷了出去。标枪从老比尔达的宽檐帽上面飞过，唰地穿过船甲板，击中了闪烁的柏油点，那油点一下不见了。

"快，比尔达，"合伙人皮拉德说，"去取船上的合同。我们这儿一定要有荷奇霍格，我说的是库霍格，在我们的船上干活吧（皮拉德说不准确奎奎格的姓名）。瞧，库霍格，我们会给你红利的1/90。在南塔基特岛，这可比以往任何标枪射手都多呀。"

以实玛利的朋友取得了成功，他非但不嫉妒，反而感到高兴。以实玛利天性信任他人，甚至奎奎格还未见着裴廓德号船，他也没与新的船长接触，以实玛利就签了船员的合约。虽然以实玛利要求见船长，但皮拉德没有给他希望，一点儿也没有。

"年轻人，他不常见我，所以我想他也不会见你。亚哈船长了不起，他不敬神，可却像是个神那样的男人。他言语不多，可一旦他开口讲话，你就得认真听着。注意，我提前告诉你吧，亚哈不是普通人，他受过高等教育，也在食人者堆里待过，比大海还深奥的奇观，他见惯不惊。他的标枪挺厉害，曾经击中过比鲸鱼还要强势离奇的仇敌。那标枪！对，在我们岛上就数那把标枪最厉害，投掷最精准。对了，他可不是皮拉德船长；年轻人，他的名字叫亚哈。你知道吗，是古代的亚哈，是头戴皇冠的国王呀！

"然而，他也是个非常邪恶的国王。当那位坏国王被杀之后，狗可不是都去舔他的血呀！

"过来，到我这边来，在这边，"皮拉德说，他的眼里蕴含的某种神情，几乎吓着我了，"年轻人，记住，这些话在裴廓德号船上可别说出来，在其他地方也不能说。亚哈船长的名字不是他本人取的，是他疯疯癫癫的寡妇母亲突发奇想的念头，真是既荒唐又愚昧。亚哈才十二岁，她就去世了。我了解亚哈船长。若干年前，我和他出过海，当时我是大副。我了解他，是个好人，但不像比尔达那样虔诚的好人。他是嘴里咕哝诅咒的好人，有些像我，可比我强多了。对，是的，我知道他从来没有非常高兴过。在那次返航途中，我发现他心神不定，持续了好一阵子。那是流血的残肢剧烈疼痛所致，可能大家都这么认为。我也这么认为。上次航行，那该死的鲸鱼让他失去了一条腿。从那时起，他的心情很不好，变得郁郁寡欢，有时候还粗暴狂怒。不过，这都会过去的。年轻人，干脆我这次给你讲清楚，并向你保证，同笑嘻嘻的坏船长相比较，还不如跟着一位郁郁寡欢的好船长出海呢。好了，再见吧，可别因为亚哈船长有个邪恶的姓名而错怪了他。此外，老弟，亚哈船长有了妻子，是个温柔顺从的姑娘，他们结婚还不到三个航海的时间。想想吧，靠着温柔的姑娘，这老头有了个孩子；你还认为亚哈是个彻底坏透的人吗？不，绝对不是的，年轻人，他虽然遭到不幸，残废了，但他还是仁慈的。"

以实玛利把所有的事情想过之后，就离开了裴廓德号船；他在沉思，特别在想那位无形的尤其神秘的亚哈船长的个性。在裴廓德号船离开南塔基特岛前，还出现了别的征兆，令他深感不安。先是在码头边与一位"衣衫褴褛的老水手"见面，这人自称是以利亚（在《旧约全书》里，以利亚预言亚哈将遭毁灭），他暗示船长的过去还隐藏着许多鲜为人知的秘密。

在起航的那天，以实玛利自认为他看到了一些水手走在他和奎奎格的前面，顺着码头奔向那艘船。还有谁会在雾蒙蒙的清晨出现呢？原来是以利亚呀！他跟了上来，紧随其后；他用手拍了拍以实玛利的肩膀说：

"你看见了什么吗？像几个人似的朝那艘船走去。"

我愣住了。这是个既清楚又直白的问题。我回答说："是的，我想我看见了四五个人，但天色昏暗，不敢肯定。"

"确实很暗，很暗，"以利亚说，"早上好。"

我们再次离开了以利亚，但他却又悄悄地跟了上来，又碰了碰我的肩膀说："看看你现在能够找到他们，好吗？"

"找到谁呀？"

"早上好！早上好！"他又说，"哦，我原本想告诉你们，但没关系，不要紧，反正无关紧要，都是一家人了。今天早晨霜真大，是吗？再见。我想，我们不会很快又见面了吧。如果再次相遇，那就在大陪审团的面前了。"以利亚噼噼啪啪地说完这番话后，最终走开了。他的言语极其无礼，好一会儿，我的心情真难以平静。

当他们上了船后，以实玛利提到了像影子那样的水手，但好像连奎奎格都未发现这些人。不过，他们确实存在。后来，在航行中，他们又出现了，非常奇怪。

第三章　起航

　　就在那天下午，裴廓德号起航了。圣诞节来临了，虔诚的南塔基特岛人感谢上天降生了他们的救星基督。然而，不管是不是圣诞节，裴廓德号船必须在这天出去赚钱，而且它将赚到钱。皮拉德和比尔达决定留在船上，引导这艘船驶入公海的安全区域，这也会为他们额外省下一笔引港费。这么一来，亚哈就躲在底下，他依然是个谜，依然不见踪影。以实玛利自己安慰地思忖道：许多商船起航之时，船长们会待在他们的船舱里，与朋友们一道饮酒；可亚哈没有朋友，肯定是一个人，当然也没喝酒啰。以实玛利的脸上挂着他那无畏的神色，好像是在辞别那莫大的不祥征兆。实际上，过了若干天，行走了若干海里，他和其他捕鲸伙伴才在甲板上见到了亚哈。

　　终于，起锚了，扬起了船帆，我们慢慢地飘走了。这年的圣诞节既短暂又寒冷。在北方，白昼短暂；夜幕降临时，我们发现自己几乎完全置身于寒冷的海洋中，冰冷的浪花包围了我们，四周结成了冰，就像披上了光亮的盔甲似的。船舷墙上，长冰齿排列成行，在月光下闪闪发光。船首下，垂下许多弧形冰凌，如同大象洁白的长牙。

　　瘦长的比尔达是领港员，领值第一班。这艘老船深深地钻进了绿色的海洋，弄起战栗的寒霜，覆盖了整个大船。风在吼，索具在响，不时地传来比尔达沉稳的音符：

> 芬芳的田野，
> 披着生机勃勃的翠绿，
> 位于滔滔洪水的尽头。
> 宛如犹太人的迦南旧地，
> 约旦河在其间起伏漂流。

这样甜蜜的歌词从未像当时那样如此美妙动听，让人充满希望，感觉欢喜。尽管喧嚣的大西洋在冬夜寒冷刺骨，尽管我的双脚湿淋淋，外套潮湿不堪，然而在当时，我似乎感到了未来将有许许多多令人欣喜的避风港；草地、林中空地春光和煦流连，青草因春天而蓬勃生长；在盛夏，那儿杳无人迹，草儿长得郁郁葱葱。

终于，我们到了较远的海面，不再需要这两位领港员了。有一艘结实的小船一直伴随着裴廓德号船。这时，这艘船开始向我们的船边靠近。

"愿上帝保佑你们，愿他的圣灵一路护佑你们，伙计们。"比尔达低声说道，话语几乎在东拉西扯，"但愿现在有个好天气。这样一来，亚哈船长不久会在你们中间走动了。他需要舒适的太阳，你们航行的是条热带线路，有的是阳光。"

"走吧，走吧，比尔达船长，别唠叨了，该离开了！"皮拉德催促比尔达，让他翻过船舷。他俩下到了小船上。

裴廓德号船与小船分道扬镳了。在它们中间刮起阵阵寒冷潮湿的夜风；一只海鸥尖叫着，从船头上飞过，这两艘船在猛烈颠簸。我们心情沉重，高呼了三声，如同命运的安排那样，漫无目的地冲入孤独的大西洋。

第四章　辩护

在艰难可怕的世界里，水手是靠深海捕鲸为生。而以实玛利却认为自己是哲学家，与许多水手不一样。他也知道，在很多方面他和这个行业的同伴们都是社会的弃儿，命中注定要娶"温柔顺从的姑娘"，就像亚哈年轻可怜的妻子一样；父亲与他们的孩子长期分离，或三年，或四年，这取决于每次航程的线路；孩子们在成长过程中，也很少见着或了解尚未归来的父亲。这让以实玛利感到忧虑。不知什么原因，陆地上的人认为捕鲸业是既无诗意又不受人尊重的职业，所以，以实玛利迫不及待地想说服那些陆地上的人，这样如此看待捕鲸人确实有欠公道。

以实玛利试图把自己塑造成捕鲸人的"辩护人"，以律师的身份阐述他们的实际情况。但不知怎的，他的辩护却因他的不够严谨认真而搞糟了。他承认捕鲸是一种屠宰业，但又为捕鲸业开脱，说著名的军事将领们也是最血腥的屠夫，却为之满载殊荣。

至于这行所谓不干净的说法，以实玛利声称他能够证明，捕鲸船应该处于这个凌乱的地球上最为干净的事物之前列。他又补充说到，捕鲸船上的甲板臭气散发，鲸血浸湿，可能真的很脏，但与难以启齿的腐烂尸首的战场比较，可就好很多了。再者，战士从屠杀中归来时，他们因英勇受到拥戴和崇拜，可对捕鲸人却唯恐避之不及。面对一排排枪时，那些英雄们会勇敢地冲上去；然而，当巨头鲸出现了，硕大的尾巴高耸在他们的头顶时，他们未必那么勇敢。以实玛利想两全其美，正反兼顾……更为讽刺的是，他还挑战忠诚的不列颠人，要他们仔细想想，国王的头在加冕礼上会被庄严地施以膏油，涂抹的油就是所谓的肮脏野蛮的捕鲸活动的产品。为了澄清此事，排除一切怀疑，以实玛利引文说，尽管欺辱堆积在捕鲸人身上，但是整个世界给予捕鲸人最深切的敬意，因为几乎所有的蜡烛和灯具在燃烧，整个地球亮堂了，如同以前的许多圣殿给我们带来了荣耀！不开玩笑地说，以实玛利清楚意识到捕鲸业对美国经济的重要性。他指出，美国的捕鲸船队超过了七百艘，配备人员有一万八千人，每年耗资四百万美元，当时航行的船只价值两千万美元，每年进入美国港口的收获多达七百万美元。

以实玛利还说，捕鲸船是先驱者，在地球上最偏僻、最不为人所知的地方四处搜寻。他们探索无航海图的海域和列岛，航行在库克和温哥华未到达的地方。南美西部从旧西班牙统治中获得自由，在那里建立民主制度，以实玛利把所有这些归功于捕鲸人。他还断言，捕鲸人把澳大利亚带入了文明世界，同时玻利尼西亚诸岛皆以同样的方式对传教士和商人开放。他指出，甚至在那时候，日本国策是对外完全封闭，不与外界往来；可因为捕鲸船带来了启蒙，日本才慢慢地变得好客。他暗示道，这是一种多么奇怪的启蒙，是大规模的、血腥的屠宰业运动的启蒙。也许，为了再强调这一点，以实玛利现在决定，在建起了立体型的高贵和重要的行业画面之后，就该让读者们面对那不幸的船长，一位将让所有的建构崩溃的破坏者。

第五章　亚哈船长

　　船离开了南塔基特岛。几天以来，亚哈船长依然没有在舱口露面。船副们定时轮流值班，船上毫无反常迹象，好像他们才是领导似的。

　　每次我从船下值班点走到甲板时，我会立刻朝船尾望去，看看是否有陌生人面孔。对未知船长的了解最初让我隐约不安，现在在四面皆水的大海上，这种感觉几乎变得心烦意乱。衣衫褴褛的以利亚语无伦次，挺让人讨厌的。有时候，他的话语奇怪地加重了，带着我以前未能察觉的微妙能量，莫名其妙地涌向心头。每当我在船上四下张望时，无论有什么感觉，是忧虑，还是不安，好像这些情绪毫无正当理由。与我以前熟知的温顺的商船同伴比较，这里大部分船员更为野蛮，异教徒气氛更浓，成分更加混乱；由此，我认为如此狂放地从事的野性十足的工作具有可怕的独特性。不过，船上有了船副——三位重要的长官，他们的举止特别有利于在航行时消除担忧，增强信心，感到愉快。这三人既是长官，更像水手，各有各的本事，要找到像他们这样的人可不那么容易。三人都是美洲人，一个是南塔基特岛人，另一个是葡萄园岛人，再一个是科德角人。此刻，正值圣诞节的日子，船驶出了港口。片刻间，大家就感受到刺骨的北极气候。尽管如此，船一直从北朝南驶去，行驶的每一经度和纬度在慢慢变化，渐渐地离开了冷酷的冬季，把难耐的气候甩在了身后。

气候在变化。一天早晨，天气不那么昏暗了，但依然看上去灰白阴沉。当我上了甲板去值上午班时，不祥之感颤抖似的传遍全身。亚哈船长站在后甲板上了，真的，不容你有半点疑虑。

他似乎没有常见的身体病状，也不见病后痊愈的样子。他好像是从火刑解下来似的，火烧遍他的全身和四肢，但没有被毁坏，也没有取走任何部位。他身材高大壮硕，好像是用实心青铜铸成的，并在坚固的模具里成型，就像意大利切利尼铸造的珀尔修斯。有一条细长的印记，像长杆那样，微红带有白色，从灰发丛中穿出，又继续下行，经过晒成茶色的脸和脖颈，消失于他的衣装之里，就像垂直的裂缝，嵌入笔直高耸的大树躯干上面；闪电凌空，撕裂般沿着树干飞驰而下，它没有扭断一根树枝，却自上而下剥皮挖槽，然后快速地钻入土壤；大树安然无恙，枝青叶绿，只是留下了这道裂缝烙印。无人说得清楚，这条印记是亚哈生而有之，还是重伤后留下的疤痕。

亚哈外貌冷酷，连同那微红的条纹印记强烈地感染了我，以至于刚开始那一会儿，我几乎一点儿也没有注意到，他那神气的冷酷应该归功于那条不那么文明的白腿。其实，那条腿是用巨头鲸的嘴颌骨打磨制成的，在一定程度上，支撑着亚哈站立起来。

亚哈船长保持的奇特的姿势，让我印象深刻。裴廓德号船后甲板的每一边，在贴近后桅的侧支索的地方，都有一个钻入木板大约半英寸深的螺旋孔。他的鲸骨腿就稳定在那种孔里，同时一只胳膊抬起，抓住侧支索。亚哈船长笔直地站着，眼光越过起伏上下的船头，直直地望着正前方。他一言不发，他手下的主管也不对他讲话。心情不佳的亚哈船长站在他们面前，脸上挂着痛苦的表情。有些巨大的痛苦具有庄重的、不可名状的、神气十足的尊严。

第六章　船副和水手

　　以实玛利承认，亚哈船长的三位船副都是至关重要的人物。他们指挥捕鲸小船。这些小船行驶快，艏艉同形，长二十五英尺，所用武器为长而锋利的捕鲸标枪，就像是哥特骑士似的。在有些大船上，一般共有三艘小船；此外，还有一艘小船专供船长使用。这些船一直处于待命的状态，一旦桅顶观望人发现鲸鱼的踪影，小船就会立刻被荡出船舷落入海里。每位船副负责掌舵一艘捕鲸小船，而他的随从，即标枪手，则划动前桨追赶，通常他们要用力划上许多许多英里。当追上了鲸鱼时，标枪手就得扔下桨，以便在轻巧、不稳当的小船上跳来跳去；同时，他们面朝前，拿起标枪，用尽所有能够集聚的力量把标枪朝鲸鱼投掷出去。如果标枪头上的倒钩固定在鲸鱼的肉里，这条动物由此就被一条既结实又特别长的绳索与小船系在了一起。如果鲸鱼全速逃离的话，小船会被拖曳走，速度极快。有时候，被拖曳走的小船会远远地脱离大船瞭望者的视线。

　　好像这还不够危险。一旦标枪绳系住鲸鱼，标枪手和船副就得交换位置，在拥挤、起伏的小船上从这一端跑到另一端；等到他们逼近鲸鱼，近得足以挨到它时，船副就会用标枪扎鲸鱼。手持标枪的人常常要扎上许多次，才能够找到鲸鱼的心脏。通常，鲸鱼不具有攻击性，即使在最后的挣扎阶段，也是如此。但是，鲸鱼要狂野地扑腾扭动，从而毁坏了许多小船和残杀了许多人。标枪手的另一项工作就是，当第一支标枪丢了或损坏了，就向投掷者送上另一支标枪。这些人能够紧密团结，尽管他们属于不同的阶层，常常来自不同种族，有着不同的信仰。对此，大家切莫大惊小怪，而以实玛利介绍这些人，几乎可谓郑重其事。

斯塔巴克是裴廓德号船上的大副，是南塔基特岛人，祖祖辈辈都是教友派信徒。他个子高，是个认真踏实的人。虽然他出生在寒冷的海岸之地，但他好像很适应某些低纬度区域，忍耐炎热的气候。此外，他身上的肌肉硬得像二次烘烤的饼干。斯塔巴克挑中奎奎格作为他的侍从。

排行第二位的标枪手叫塔希蒂格。他是盖伊黑德的纯血统的印第安人。盖伊黑德位于马萨葡萄园岛最西面的海角，那里仍然保存着红种人村落的最后遗迹。塔希蒂格的四肢轻盈柔软，肌肉显茶色。一眼看去，几乎可以认同有些早期清教徒的迷信说法，将信将疑地以为这位野蛮的印第安人就是天神的后代。塔希蒂格是船副斯图布的随从。

斯图布是二副。他脾气好，为人随和，无忧无虑。当他指挥捕鲸小船时，即使碰到了最为致命的遭遇战，也好似一场晚宴，船员皆是他的邀请客人。每当靠近鲸鱼时，每当在生死搏斗的关头，他会冷静快速地操纵他那无情的标枪，如同补锅匠一边吹哨，一边使着榔头。对斯图布来说，他早就把鬼门关当成了安乐椅。那么，究竟是什么让斯图布成为这样的为人随和、无所畏惧的人呢？是什么帮助了他，使他具有不那么虔诚的幽默感呢？那东西肯定是他的烟斗。因为他的小烟斗就像他的鼻子那样，又短又黑，是他脸上有规律的特征之一。斯图布一起床，他要先叼上烟斗，然后再穿上裤子。

弗拉斯科是三副。他是一个矮小、结实、脸色红润的年轻人。他特别爱与鲸鱼搏斗；不知怎的，他好像认为这些庞然大物不仅冒犯了他，还侮辱了他的祖辈；因此，每当他遇到鲸鱼，就得将它们置于死地，他感到这是他的一种荣幸。人们叫他"中柱"，因为他的体形很像既短又方的木材，北极的捕鲸者就这样称呼的。

标枪手中排名第三的是达格。他体型巨大，全身墨黑，行走像狮子。他是个野蛮人。他的耳朵上悬挂着两个箍子，因为箍子很大，水手们都管它们叫"螺栓环"，说可以用它们固定上桅帆的升降索。达格保留着所有野蛮人的德行。他直立时，像一头长颈鹿。他光套着袜子不穿鞋，就有六英尺五英寸高。他在甲板上走动时，着实壮观。如果有人抬头望一眼，会产生某种身体上的自卑感。如果一个人站在他面前，好似出现一面白旗，乞求要塞休战停火。说来奇怪，这位威严的人却是矮个弗拉斯科的随从。弗拉斯科在达格的身边，如同国际象棋棋盘上的棋子。

以实玛利说，除了长官以外，船上的其他成员大部分不是美国人，这在捕鲸船上属于正常现象。最好的捕鲸人是在岛上招来的，在他们中间的佼佼者被称为"隔绝人"。这个称呼是以实玛利为这些人杜撰的，因为在他们的脑海里似乎有着自我的想象天地。他们同亚哈船长一道出行，"把人间的不平和抱怨搁置在狱前，可从那里返回的人并不很多"。在这里以实玛利还提到了黑人小皮普。他是一个来自阿拉巴马的奴隶男孩，他非常渴望有一天再回到岛上，但多半不可能了。以实玛利说，他们稍后会在令人沮丧的裴廓德号船前甲板上看见他。小皮普将击打小手鼓，如同他不久之后会去天堂，同天使们一起击鼓似的。真的，他们见到他在为醉醺醺的水手们演奏。那是一个糟糕、可怕、欢快的夜晚。小皮普演奏后就离开了，他躲起来，静静地祈祷，可他的祈祷却无人应答。

第七章　在后甲板上

在以实玛利航行的时候，舒适打捞鲸鱼的日子早已过去了。在18世纪最初的几十年里，南塔基特岛成为重要地方。与此同时，离岸的捕鲸业一直延伸至更远的大西洋。早在捕鲸业初期，他们捕到了露脊鲸，现在他们装备了远航大船，目的是找到并捕杀体形更大的、产出更丰富的巨头鲸。不过，随着南塔基特岛人越来越成功，鲸鱼也变得越来越少，航行的距离和持续时间也迅速地不断延长。在19世纪到来之际，南塔基特岛的船已经驶过了合恩角，进入了太平洋。从那以后，航行时间长达两年、三年甚至四年，这已经成为常见之事。

一天，天气晴朗，恰逢我在桅顶当值。虽然我在海上还不到几周的时间，这却是我第一次在上面搜寻巨头鲸暴露行踪的喷水柱。同样，在一个晴朗的下午，亚哈船长吩咐斯塔巴克召集所有人员。

"先生！"大副说，他感到很惊讶，因为在船上很少甚至从来未有下达过命令，除非发生了某些特殊情况。

"让全体成员到船尾来，"亚哈重复道，"喂，桅顶上的人，下来吧！"

全体船员集合了，大家看着他，脸上流露出既好奇又不全是无所谓的神色。

"伙计们，当你们看见了鲸鱼时，该怎么办？"亚哈大声道。

"为此高声大喊吧！"二十个左右的声音齐声振奋地回答。

"很好！"亚哈大声道，说话的口气听起来像是兴奋的赞许。

"伙计们，接下来你们又怎么做呢？"

"放下小船，去追呀！"

"伙计们，追到什么程度呢？"

"不是鲸鱼死，就是小船破！"

老人流露出欣慰和赞许，那表情变得越来越强烈和不可思议。这会儿，亚哈以支撑孔为轴心，半转过身；然后，他举起一只手，够到了横桅索。他紧紧地抓住了绳索，几乎是痉挛地拉住了它。

"看看吧，"亚哈对他们说，"你们见过这枚一盎司西班牙金币吗？"他对着太阳，高举起一枚又大又亮的硬币，"伙计们，这可是一枚价值十六美元的金币呀。你们见过吗？斯塔巴克先生，把那边的大锤递给我。"

亚哈从斯塔巴克手里接过大锤，他朝主桅走去，一手高举大锤，一手显示着金币，同时高声喊道："在你们中间，谁为我发现了一条皱额头、弯下巴的白头鲸，谁为我发现了那条右尾叶有三个孔的白头鲸，喂，谁为我发现了这条白头鲸，伙计们，他就会得到这枚金币！"

"我说的是一条白鲸，"亚哈扔掉大锤，继续说，"一条白鲸。擦亮眼睛盯着它，伙计们。凡是出现白颜色的水，要留神。只要看到冒泡，就大声喊叫！"

"亚哈船长，"塔希蒂格说，"那条白鲸肯定就是莫比·迪克吧。"

"莫比·迪克？"亚哈大叫道，"塔希，你也知道那条白鲸？"

"先生，它的尾巴要古怪地摆动几下才钻入水下，是不是？"盖伊黑德小心翼翼地问。

"它的喷水也不一样，喷水密度很大，非常急，对吗，亚哈船长？"达格说。

"而且，它的皮里也有一块、两块——哎呀，好多块铁家伙吧，船长。"奎奎格断断续续地嚷道，"都拧成了，拧成了像这样、这样——"奎奎格的言语结结巴巴的，极力想找到一个词，同时他的手一圈一圈地旋转着，好像要拔去瓶塞似的，"像这样。"

"螺丝锥！"亚哈大声说道，"哎呀，奎奎格，在它身上的标枪都拧弯扭曲了。对的，达格，它喷出的水柱很大，像一整座麦秸堆。它也很白，像一年一度剪羊毛后堆起的一大堆我们南塔基特的羊毛。是的，塔希蒂格，它的尾巴扇起来就像风暴中撕开了的三角帆。它是死亡，是魔鬼！伙计们，它就是你们所见的莫比·迪克——莫比·迪克！"

直到这会儿，斯塔巴克、斯图布、弗拉斯科还盯着他们的上司。斯塔巴克越来越感到惊讶。他问："亚哈船长，亚哈船长，听说莫比·迪克——该不是莫比·迪克弄掉了你的腿吧？"

"谁告诉你的？"亚哈嚷道，然后他停了一下，"对的，斯塔巴克，对的，我所有的兄弟们，就是莫比·迪克折断了我的腿，莫比·迪克弄得我现在得依靠这根该死的桩子站立着。对的，对的。"亚哈大声嚷道，同时夹杂着动物般的可怕响亮的呜咽，像是一头被击中心脏的麋鹿的哀叫。"是的，是的，就是那条可恶的白鲸毁了我，让我永远成了可怜的、钉在桩子上的傻子！"接着，亚哈甩动双臂，用无限的诅咒语气又嚷道，"是的，是的，我要追逐它，追到好望角，追到合恩角，追到挪威的大漩涡，追到地狱的火海，才肯罢休。这就是你们上船要干的事情，伙计们！在陆地两岸，在天涯海角，去追逐那条白鲸，直到它喷出黑血，鲸鳍滑落。伙计们，你们觉得怎么样？现在你们干不干？我想你们个个都像有胆量的人。"

"干，干！"标枪手和水手们喊叫着，同时又拥到激动的老人身边，"锐眼盯着白鲸，尖枪对付莫比·迪克！"

"上帝保佑你们，"亚哈像是半在呜咽半在呼喊，"上帝保佑你们，伙计们。跟班，多拿些格罗格酒来。斯塔巴克先生，你为什么闷闷不乐呢？你不想追逐那条白鲸吗？对莫比·迪克不感兴趣吗？"

"亚哈船长，我对白鲸的弯下巴感兴趣，对鬼门关也感兴趣，要是它正好出现在我们从事的业务活动中，那该多好呀。可是，我来这儿是捕鲸的，不是为我的上司报仇的。对哑巴畜生报仇，就因为它侵袭你吗？那纯粹是出自最盲目的本能！疯了！亚哈船长，怎么能跟一个哑巴东西赌气呢？这好像在亵渎神明吧。"

"别对我谈什么亵渎神明，老兄。如果太阳侮辱我，我也会对它不客气。你看看，斯塔巴克，看看那边的异教豺子们——全体船员，老兄，全体船员！在白鲸这件事上，他们不是与亚哈志同道合吗？看看斯图布吧！他笑了！看看那边的智利人吧！一想到这事，他就会'扑哧'一声笑了。"

"愿上帝保佑我，保佑我们大家！"斯塔巴克讷讷地说，他的声音很低。

亚哈的话感染了这位船副，他缄默了，默许了。亚哈感到很高兴，但他没有听到斯塔巴克那不祥预感的祈祷，也没有听到船舱下传来低调的笑声。尽管大家激动的情绪已经平静下来了，但亚哈也没有听到船帆碰着桅杆时响起的拍打声。而斯塔巴克呢，虽然他目光低垂，但重新亮起了顽强的生命力。船舱里的笑声消失了，风在吹，船帆涨满了风，大船像以前那样破浪前行。

"拿酒来！拿酒来！"亚哈喊道。

他接过盛满酒的器皿，转向标枪手，命令他们拿出自己的武器。然后，他让他们靠近起锚机，手持标枪，列队站在他的面前。与此同时，他的三位船副拿着标枪，站在他的旁边。船上其他成员围住他们，形成了一个圆圈。亚哈站立了片刻，敏锐地注视着每个船员。这些狂热的目光同他的眼睛相遇之时，就像草原上狼群充血的眼睛，盯着头狼，等待它带领大家冲向前去。

"喝吧，轮流喝吧！"亚哈大声叫道，同时他把沉甸甸的、装满酒的酒壶递给了离他最近的水手，"现在，让水手独自喝吧。轮流喝吧，喝吧！伙计们，小口小口喝，慢慢咽下去。这酒跟撒旦的蹄子一样凶着呢。跟班，再斟酒。"

事后，亚哈让三位船副在他面前把标枪相互交叉起来，并叫他们捏住标枪交叉处锋利的刀锋。突然，他开始抖动船副们，好像在用他自己生命中的磁力震动他们。然后，他命令船副们做斟酒人，为他们自己的标枪手斟酒。标枪手从标枪上卸下致命的叉头，叉尖朝下，捧着叉头，这样叉头里的孔窝就成了饮酒杯。然后，亚哈对船副说：

"这样吧，这样吧，现在你们这些斟酒人，上前去。那铁叉头！拿好它们，我要倒酒了！"随即，亚哈慢慢地从一个船副走到另一个船副身边，把器皿里的烈酒斟满了标枪头里的孔窝。

"现在，三对三，你们站好了。赞美杀气腾腾的酒杯吧！赐酒吧，你们现在成了这个不可分割的同盟成员了。哈！斯塔巴克！仪式完毕了！喝吧，你们这些标枪手们！喝吧，发誓吧，你们是站在捕鲸小船船头上的人，那是至关重要的地方，让莫比·迪克死去吧！如果我们不捕捉并弄死莫比·迪克的话，上帝会追逐我们的！"酒杯有倒钩，长长的，是钢制的。人们举起了这种酒杯，冲着白鲸又叫又骂，同时狂饮烈酒，嘴里迸发出"嗞嗞"的声响。斯塔巴克脸色苍白，身子哆嗦，头也转到了一边。再一次，也是最后一次，在疯狂的船员中间，重新斟满的器皿来回传递。当亚哈空手朝他们挥动时，这些人立刻散去了，亚哈也退隐到自己的船舱里。

我，以实玛利，是这些水手的一员。我和其他人一道呼喊，我的誓约同他们的融为一体。因为我心里感到了恐惧，所以我的呼喊越响亮，越是劲头十足地钉牢我的誓约。

就这样，在这里，这位头发灰白、不信神的老人，随着诅咒之声，领着一群船员满世界地追逐约伯的鲸鱼。这些船员主要由混血的叛教者、漂流者和食人者组成。在斯塔巴克、斯图布、弗拉斯科带领下，这伙人的道德观念模糊，斯塔巴克能力有限，只有别扭的美德或正义感；斯图布欢快的举止看似无懈可击，但却神情冷漠，行事鲁莽；弗拉斯科事事又显得平庸无奇。这样的船员，如此担当指挥的船副们，好像都是由某个死亡地狱特意挑选的，将他们召集一起，帮助亚哈完成他的偏执的复仇。他们对这位老人的愤怒竟然这般充分响应，这是为什么呢？他们的灵魂是被什么邪恶魔法主宰了吗？同亚哈一样，白鲸也成了他们厌恶的仇敌，似乎变成了生命海洋里的滑行大魔王。如果要把这一切解释清楚，就得潜入更深的地方，而对此我却无能为力。就我自己来说，我无能为力，只任凭时间流逝，也不管身处何处。然而，当大家一窝蜂地去与白鲸对决时，我在那畜生的身上什么也没有看到，只见到最致命的灾难。

第八章　船头楼

这一天过得很漫长，令人恐惧。显然，恐惧不仅仅触动了以实玛利一人的灵魂。当异教徒们野蛮地干杯时，可怜的斯塔巴克的脸色变得苍白。大船奇怪地颠簸了好一会儿，甚至风也在颤抖。船舱里传来难以名状的笑声，像是邪恶的预兆。

亚哈进入船舱后，船员们已经变得狂醉了。在船头楼的前面，他们又跳又吼。风暴乍起，他们让黑小皮普敲击手鼓，气氛变得更加疯狂。达格和一位西班牙水手准备用拳头和刀子打斗，来自十几个不同地区和种族的船员围成一圈，为血腥的打斗呐喊助威。就在此时，突然，船上迸发出一阵尖叫声。在船尾，一位船副冲着船员大声吼叫，要他们收帆减速；船员们快步跑去救船，醉态的暴力行为立刻转变为清醒卖力的工作。

"暴风来了！暴风来了！"他们一边叫喊，一边散开了。"跳起来吧，欢乐的人！"与其说皮普害怕气候的变化，不如说更怕船员的疯狂。当其他人跳到索具那里与船帆搏斗时，他却爬到了绞盘下面。

"快乐的人？"皮普喃喃自语，"愿上帝帮助这些快乐的人吧！他们去了那里，个个骂声不断，而我却没有。吉姆米尼，好大的风暴呀！可那边的那些家伙们还更糟糕。他们，他们就是你的白色风暴。白色风暴？白鲸呀！那蟒蛇般的老人让他们发誓去追逐白鲸呀！"皮普继续祈祷说，"喔，您大白神，高高在上，在那边黑暗之处某个地方，求求您，怜悯爬在这里的这个小黑娃吧，让他远离那些无同情心、不知恐惧的人吧！"后来，恐惧的、怕得厉害的皮普疯了。

第九章　海图

　　以实玛利在他的叙事中极力指出，在广大无边的地球上追逐一条特定的鲸鱼，这个意图并不像它表面那样疯狂。确实，在某季节某地方捕鲸的时候在看似无航向的海洋，这些哺乳动物易于沿着特定线路活动。

　　总之，在特定的季节里，在特定的宽度范围，并沿着特定的路径，人们还是很有把握找到迁徙的鲸鱼。因此，在具体的时间内，在熟知的不同的就食之地，亚哈就有希望碰到他的猎物。不仅如此，甚至在穿越这些就食之地中间的浩渺水域时，凭着他的技艺，在航行的某地方某时间，他本人与猎物不期而遇不是完全不可能的。

　　以实玛利也猜对了。亚哈船长尽管有自己的愿望，但出于某些正当理由，也不会放弃寻找一般的鲸鱼。如果凶猛野蛮的船员感到无聊时，可怕的暴力或野蛮举动不仅可能会发生，而且如果亚哈船长变得太松懈，有可能发生某种合法的哗变。虽然此事极不常见，但确实存在。再者，一旦船副和船员认为他们的船长篡权，有别于船主装备船让他出海的初衷，他们可能根据海洋法不再听从他的一切命令，甚至

· 35 ·

可能用暴力剥夺他的指挥权。亚哈可能不聪明，他对船员们公开了这次航行主要的，但也是他个人的打算。他这么做，已经把自己搁置在这样的指责中了。

尽管如此，这会儿常常会听到亚哈的声音，招呼在桅顶的三个当班人，提醒他们睁大眼，仔细望，即使是一只海龟，也别疏忽报告。这样的警觉不久就见效了。一天下午，天气多云闷热。有的船员懒洋洋地躺在甲板上，有的神情茫然地望着铅色的海水。奎奎格和我被安排做轻松的活儿，编制一种防磨的绳垫，为我们的小船多添加些捆绑的绳索。这时，传来一种声音，声音很奇怪，拖得很长，悦耳动听，有狂野神秘的特点。我感到很吃惊，连手里的线团也不由自主地掉下来了。我站立着，抬头凝望着云彩，那声音像是披着翅膀从那里下来的。在桅顶横木上，高高站着的是塔希蒂格，他非常激动。

"它在那里喷水！在那边！在那边！它在喷水！它在喷水！"

"在哪里呀？"

"在下风方向的横前方，大约两英里远！一大群呢！"

顷刻间，船上一阵骚动。

巨头鲸在喷水，如同嘀嗒的钟那样，精准、稳定、均匀。捕鲸人根据这些特点以区分巨头鲸与其他种类的鲸鱼。

"瞧，游走了！"又传来塔希蒂格的喊声，鲸鱼群消失了。

"快，跟班！"亚哈喊道，"看时间，看时间！"

跟班急忙下去，看了一眼手表，然后把时间分秒不差地报告给亚哈。

这会儿，大船避开了迎面来风，缓慢起伏前行。塔希蒂格报告说，鲸鱼群已经向顺风方向游去，他们自信将再次在船头前看见鲸鱼群。在指定留守大船的人员里，在没有指派上小船的人员中，有一个船员现在接替了主桅顶上的塔希蒂格。前、后桅的水手下来了，索桶固定在该固定位置，吊机伸出来了，主帆桁后退了，三艘小船在海水上空晃来摇去，就像在云崖上三个圣彼得草的篮子。在舷墙外，急不可耐的水手们一只手抓住栏杆，一只脚摆好了姿势，等待踏上船舷。

就在这关键时刻，突然传来一声呼喊，大家吓了一跳，所有的目光都从鲸鱼处转过来，盯着黝黑的亚哈，只见有五个昏暗幽灵围住了亚哈，他们好像刚从空中冒出来似的。

一见不知从哪儿冒出来的这些人，裴廓德号船员的惊讶程度几乎难以想象，但对以实玛利来说，却是一个解开的谜团。在南塔基特岛，码头旁的影子、以利亚的话语、船舱最深处里的笑声，现在都清楚了。原来，亚哈带上了船并藏了起来的，是一支额外的划桨手团队。领头的叫费达拉，也有些人叫他帕斯。不久，这位东方陌生人与亚哈结成了怪异的同盟。费达拉是他的船长的先知，他的命运……

第十章　首次放下小船

当时，这些人确实像幽灵，他们正轻快地在甲板另一边移动，无声快速地抛掷那边小船上的索具。这条船在摇摆，虽然表面上被称为船长用船，但却一直当成其中的一艘备用船。为此，它就吊在右舷船尾。在这条小船头那边，现在站着的那个人又高又黑，一颗白牙邪恶般地凸出在他那钢似的嘴唇之外。一件皱巴巴的黑棉中式上衣，还有同样的黑色布料做的宽大的黑裤子，穿在他的身上像是奔丧似的。不过，在这个黑檀木色身体之上，却有个奇怪的冠冕，一个闪亮的、白色编结的头巾，以及活生生的头发编成的辫子一圈一圈地盘在头上。这人的同伴们肤色没有那么黝黑，属于马尼拉一些土著特有的、亮丽的虎黄色。这个种族因会某种狡诈的妖法而臭名昭著，所以，一些老实的白人水手认为这些人是雇佣的细作或密使，他们的主人是魔鬼之水，其账房可能设在别处。

正当大船船员惊诧地望着这些陌生人时，亚哈对着头缠白布的老头，也是那伙人的头目喊道："费达拉，都准备好了吗？"

"好了。"半嘶哑的声音答道。

"那就放下去吧，听见了吗？"喊声穿过了甲板，"放下去吧，听见了我说的话吗？"

亚哈的嗓音如雷声震动，水手们尽管惊魂未定，还是纷纷跳过栏杆。滑轮在滑车里旋转，那三艘小船翻转了一下便落入海里；与此同时，水手们像山羊那样从起伏的船舷跳了下去，落入下面摇摆的小船上，其动作敏捷、随意、大胆，在其他行业可谓闻所未闻。

当他们刚刚划出大船的下风方向，第四艘船突然从船尾下划过，迎风驶来。只见有五个陌生人在划桨，亚哈笔直地站在船尾，大声呼喊斯塔巴克、斯图布、弗拉斯科，要他们四处散开，这样就可以覆盖大片的水域。然而，所有的目光再次投射到黝黑的费达拉和他的水手，那三艘船的人没有执行亚哈的命令。

"亚哈船长？"斯塔巴克问。

"你们散开，"亚哈大声说，"散开，所有的四艘船。你，弗拉斯科，划远一些，朝下风的方向去！"

"好，好，先生。"弗拉斯科一边快活地喊道，一边用大舵桨用力绕行划动。"往后扳！"他对水手们说，"那边！那边！又开始了！伙计们，它喷水啦，就在前面！往后扳！"

就在小船从甲板上往下放时，这些古怪的陌生人在这一时刻突然出现了，这让一些船员感到不可思议，其惊愕不无道理。至于以实玛利，他默不作声，因为他想起来了在南塔基特岛的那天早晨；当时，天蒙蒙亮，他看见神秘的幽灵慢慢地溜进裴廓德号船；此外，他还听到了那位靠不住的以利亚所说的难以理解的话语。

这会儿，亚哈已经在船副们听不到他喊话的区域了，他的小船迎着风，在侧边最远处，还排列在其他小船的前面；这种状况说明他的水手多么强壮有力，他的那些虎黄色人好像都是钢体鲸骨做的。他们如同五把杵锤上下起伏，划桨动作整齐有力，就像从密西西比河汽轮上搬来的卧式汽轮机，循环似的驱动小船在水上前行。至于费达拉，只见他裸露胸膛，划动着标枪手的划桨，黑色上衣已经扔在了一边。亚哈则在小船的另一边，稳稳地操纵着舵桨。他像个击剑手，一只手臂在空中稍向后掷；在白鲸蹂躏他之前，小船下落了上千百次，亚哈的手臂后掷动作与当时的样儿相差无几。突然，他那伸出的手臂做出一个奇怪的动作，随即停住不动了。与此同时，小船上的五支桨立刻竖起来；水手坐在船上，船一动不动地停在海上。在后面的三艘分散的小船立刻在行进的水上停住了。鲸鱼群无规律地将身体沉入碧绿的海水，由此远处就看不清楚鲸鱼的动作，但亚哈就在近处，他看见了。

"大家注意各自的划桨！"斯塔巴克喊道，"你，奎奎格，站起来！"

在不远处，弗拉斯科的小船也停住了，大家上气不接下气；小船的船副大胆地站在船尾的圆柱顶端，这是一根固定在龙骨上的结实桩子，高出船尾平台两英尺左右。不过，弗拉斯科又矮又小，同时又充满了莫大高远的抱负，所以他的圆柱顶尖处绝对满足不了他。

"我看不到那么远。倒竖起一支桨吧，我得上去看看。"

达格听到此话，他双手扶着舷缘，以保持其稳定性，同时快速地滑到船尾，然后直起身子，主动地把自己高耸的肩膀当底座。

"先生，这可是个好桅顶呀，您上去吗？"

"当然啰，非常感谢你，我的好伙计；只希望你再高出五十英尺就好了。"

于是，这位身材高大的黑人，双脚牢牢地抵住小船的两块木板，腰略微弯下，同时手掌摊开，准备托起弗拉斯科的脚。接着，他让弗拉斯科把手放在他那打扮得像华丽灵车那样的头上，并吩咐弗拉斯科跳起来。最后，黑人达格自己晃动了一下，灵巧地将那小矮人抛起来，让他安然无恙地落在他的双肩上。就这样，弗拉斯科站立起来了，达格抬起一只手臂，给了弗拉斯科，手臂成了弗拉斯科的胸前扶手，它可靠可依，稳住了自己。

即使海水汹涌澎湃，肆意相互撞击，捕鲸人在颠来倒去的船上依然会保持直立姿势。无论在何时，新手们一见此景，都认为是个奇观，为捕鲸人不受意识控制的、习以为常的技能大为惊叹。也就在这样的情况下，还让人惊奇的是，看见弗拉斯科满不在乎地栖息在圆柱顶端。不过，矮小的弗拉斯科登上高大的达格身上，那场面更令人称奇，因为这位黑人了不起，他随着海水的每一次起伏，和谐地摇晃着健壮的身躯，并保持着自己的冷静、从容、野蛮的威仪。在他宽阔的背上，长着淡黄色头发的弗拉斯科就像一片雪花，而托起他的人比骑手更显得高贵。真是的，矮个弗拉斯科快活、吵闹、自负；他时不时焦躁地跺跺脚，但并非每次跺脚都会由此引起这黑人高傲的胸膛的震动。

此刻，船副斯图布并不想朝远处遥望。

在这种情况下，他好像习惯用烟斗来打发这段磨人的间歇时间。烟斗总是像羽毛那样斜插在帽带里；这会儿，他拔出烟斗，装上烟丝，又用拇指尖压实装在烟斗里的东西。他的标枪手塔希蒂格的双眼像两颗一动不动的星星，一直盯着迎风的方向。可当斯图布刚要用粗砂般的手划燃火柴时，塔希蒂格突然闪电般从直立的姿势一下坐回原位，急切地狂喊道："坐下，都坐下，快划吧！瞧，它们在那里！"

"划呀，划呀，我的好伙计们。"斯图布小声地对他的人说，话音虽然压得很低，但非常专注。同时，他的眼睛目光锐利，死死地盯着船头正前方，几乎就像罗盘上的两根指针，既看得见又毫无偏差。他对水手们话语不多，而他的水手们对他也无片言只语。只有偶尔传来斯图布奇怪的低语声，才惊人地洞穿静静的小船，其声音听起来时而像严厉的命令，时而又轻柔恳切。

矮小的弗拉斯科截然不同，他大声嚷道："放开嗓门儿，说点什么，伙计们。喊呀，划呀，我的霹雳伙伴们！把我拖走，拖到他们黑色的脊背上，伙计们。只要你们为我做到了，我将签上我的名字，把在玛撒的葡萄种植园给你们，还搭上我的老婆和孩子。伙计们，把我弄上去，把我弄上去！喔，主呀，主呀！我真要疯了！瞧呀！瞧那片白水！"弗拉斯科一边喊叫，一边扯下头上的帽子，在帽子上跺起脚来。接着，他捡起帽子，把它远远扔到海里。最后，在船尾，他又是双腿倒立，又是跳来跳去，就像一匹来自草原上的发狂马驹。

"瞧瞧那家伙，"冷静的斯图布慢吞吞地说，他的短烟斗还没有点燃，呆呆地叼在牙齿间。过了一会儿，他又说道："他发作了，弗拉斯科发作了。发作了？是的，让他发作吧，这话不过分，他要他的人也跟着发作。快乐呀，快乐呀，心情愉快呀。晚餐吃布丁吧，知道吗？快乐这话不过分。划吧，不停地划呀，仅此而已。把所有背脊骨弄断，把刀咬成两截，那就完了。别着急，为什么不放松呢？我说，这会让你们的肝和肺通通爆裂的！"

而神秘莫测的亚哈呢，他究竟对虎黄色的水手说了什么呢？他的话语最好在此省略不表，因为你们生活在圣光普照的福音世界里。只有不信教的鲨鱼才可能倾听这些话语，而此刻的亚哈正急速地扑向猎物，他的眉头如旋风，眼睛红得杀机毕露，嘴唇沾满了泡沫。与此同时，所有的小船奋力前行，速度极快，真令人叹为观止。

大海无所不能；涌浪无边无际。波涛在船舷边涌动滚翻，响起空洞的咆哮，就像无边的绿色保龄球场上滚动的保龄球的声响。霎时间，小船倾斜在像刀刃的浪峰上，几乎就要被劈成两截；紧接着，又急剧下沉，坠入水谷底部；之后，再次急速上涌，如策马扬鞭奔向对面的山顶；再后来，却像乘坐雪橇似的，从山的另一面急促滑下去。在这些过程里，小船短暂痛苦地悬在空中，伴随着小船船副和标枪手们的高声喊叫、划桨人的颤抖喘息，以及裴廓德号船那精彩的景象。那大船形如象牙，张着满帆，朝小船冲来，如同一只发疯的母鸡在追着尖叫的鸡雏似的。所有这些情景可谓惊心动魄。这会儿，船帆竖起了，风越来越大，小船乘着风，急驰前行；朝着下风方向的划桨手在快速划桨，其速度之快几乎要把划桨从桨架上扯下来了。

不久，他们冲进了一大片茫茫的水雾里，大船、小船都不见了。"站起来！"斯塔巴克突然说道，他的话音低，速度却像闪电那么快。只见奎奎格手持标枪，一跃而起。

"那是它的背峰。你瞧，在那里，给它一下！"斯塔巴克低声说。

短促的冲击声响起了，一下冲出了小船，那是奎奎格投掷的标枪。说时迟，那时快，从船尾传来无形的推力，引起了一阵骚动；同时，小船向前行时，似乎触到了暗礁；船帆倒下，爆裂了；一股滚烫的水雾在旁边冲天射出；好像有什么东西在他们下面起伏翻动，犹如发生了地震似的。船上所有人员被摇晃得狼狈不堪，陷入因暴风掀起的白色粘连的泡沫里，使他们几乎透不过气来。风暴、鲸鱼、标枪搅在一块儿，可铁家伙只擦伤了鲸鱼，它跑了。

小船全给淹没了，但没有什么损坏。水手们在小船周围游动，捡起漂浮的划桨，再把划桨捆绑在舷缘上，最后翻身上船，回到原来的位子。他们又坐下了，海水够到了双膝，淹没了船肋拱和船板；所以，当他们低头下望时，这条悬浮小船好像是一艘珊瑚船，从海底长起来，把他们接住了。

风越来越大，咆哮响声不断；波涛汹涌，相互撞击；狂风铺天盖地，围着他们呼啸怒吼，交叉式地吹打，噼啪作响；如同大草原上熊熊的火焰，围着他们燃烧，但他们未遭毁灭，而在死亡的嘴颌里得到了永生！他们对着其他小船呼喊，可却徒劳无益；在那样的风暴里，对这些小船的呼喊，如同对着烟囱，朝火炉里燃烧的火炭吼叫那样无济于事。这时候，夜幕降临，飘动的飞沫、结绳架、水雾变得越来越暗了，大船也不见踪影了。汹涌的大海使他们放弃了舀出小船内积水的一切尝试。划桨本来是起着推进器的作用，但现在已经派不上用场了，只能当作救命的用具。于是，斯塔巴克割断捆绑防水火柴桶的绳子，他几经努力才点燃了灯笼里的灯；接着，他把灯笼弄到信号旗杆上，并交给了奎奎格，他就成了敢死队旗手。当时，奎奎格就这样坐着，举着微弱的烛灯，心存无限悲凉。当时，他就这样坐着，这是失去信念的标志和象征，是在绝望中无奈举起的希望。

我们全身湿透了，又冷得发抖，对大船或小船不再抱有希望了。黎明来临，我们抬头望去，只见雾水依然覆盖着海水，灯笼空空的，被压碎了，躺在船底上。突然，奎奎格站了起来，一只手兜住耳朵。大家都依稀听到了嘎吱嘎吱的声响，像是绳索和帆桁因遭风暴的压抑而发出的声音。这声音越来越近，浓浓的迷雾隐隐地被分开了，显现出一个外形巨大但又模糊的东西。我们怕了,纷纷跳入海里。就在此时,大船终于隐约出现,朝我们冲来了,到了距离我们不到其船身那么远的地方。

大家漂浮在水浪上,只见那艘弃船像是瀑布底下一块碎片似的,在大船的船头下摇摆了几下,转瞬间就破裂了。随即,硕大的船体碾了过去,小船就不见影了,直到它再次浮出水面时,却在大船的船尾那边翻滚。大家又朝小船游去,同时海浪也把我们推到了小船的身边。最终,小船和水手们被拉了上来,安全地到了大船。在风暴到来之前,其他小船放弃了对鲸鱼的追逐,也及时返回了大船。大船的人对我们的生还本来不抱希望了,不过大船依然在巡游,看看能否找到我们失踪的一些标志,如一只划桨或一根标枪杆。

奎奎格是最后一个被拽到甲板的。"奎奎格,"我一边抖着滴水的上衣,一边问,"奎奎格,我的好朋友,这种事情经常发生吗?"奎奎格跟我一样全身湿透了,但他没有那么激动,可却让我明白了,这种事情的确经常发生。

"斯图布先生。"我转身问这位可敬的人物。这会儿,斯图布已经扣上了油布上衣,正在雨中平静地抽着烟。"斯图布先生,我想我听你说过,在你所见过的捕鲸人中,船副斯塔巴克先生尤其小心谨慎。可我在想,在浓雾风暴里扬帆穷追急速的鲸鱼,这是不是捕鲸人最谨慎的做法呢?"

"当然啦。我曾经在合恩角远处从漏水的大船上放下小船,冒着狂风追逐鲸鱼。"

"弗拉斯科先生,"我转过身,对正站在旁边的小中柱说,"你在这些事情上有经验,我是新手。要一个划桨手背朝前,拼命地向前划，把自己送进死亡的嘴颌里，弗拉斯科先生，你能告诉我这是当今捕鲸业不可改变的法则吗？"

"对，这就是规矩。我倒想看看，小船水手们倒着划，一直划到鲸鱼的脸跟前，哈哈，到时鲸鱼就会与他们相互斜眼斜视了，记住这话吧！"

此地此时，从三个不偏不倚的证人那里，我获得了有关整个事件的深思熟虑的证词。考虑到自己卷入到那该死的白鲸的追逐之中，我就认为最好去船舱下面，起草一份遗嘱的初稿吧。

第十一章　神秘的喷水

　　日复一日，若干周过去了，航行轻松舒适，象牙形的裴廓德号船缓缓地巡游了四个鲸鱼漫游的区域，即：亚速尔海面、佛得角海面、普拉特河、卡罗尔区域。普拉特河位于拉普拉塔河口；卡罗尔区域在圣赫勒拿岛南边，那儿的水域没有划界。

　　就在大船巡游后面的几个水域期间，一天夜晚，天气晴好，月光朗照，海浪如银色的画卷上下起伏。在如此寂静的夜晚，一股银色的水柱出现了，远在船头白色泡沫沸腾的地方。在月光照耀下，水柱像是有些身着羽毛、闪烁光彩的天神从海上升起。费达拉是第一个发现这股水柱的人。在月光之夜，他习惯登上主桅顶，像白天那样站在桅顶仔细瞭望。然而，虽然夜晚会出现成群的鲸鱼，即使有一百个捕鲸人，他们中也无一人敢冒险放下小船去追逐鲸鱼。

　　"瞧，它在喷水啦！"

　　哪怕吹响了末日审判的号角，他们也未必会颤抖。然而，与其说他们没有感到恐惧，倒不如说是喜出望外。虽然这时间极不合适追逐鲸鱼，但那声叫喊太引人注目，太让人极度兴奋，几乎船上的所有人禁不住地想放下小船了。

　　在甲板上，亚哈一歪一冲地快步行走，他指挥拉起桅帆，张开所有的翼横帆，让船上最好的水手掌舵。每根桅顶配备了人员，大船准备就绪后，就顺风启动了。微风在船尾上部吹来，奇怪地往上不断升腾，灌满了许多船帆的空隙处，使得甲板轻快飘浮，感觉如同脚下生风似的。大船急驰前行，犹如两股对立的力量在其体内搏斗，一股要直接登上天际，另一股却想偏离航向，朝某个地平线的目标驶去。虽然大船行驶速度如此之快，虽然每只眼睛像利剑似的投射出急切的目光，可那夜晚的银色水柱却不见了，所有的水手发誓说他们看见了水柱，但仅此一次，再无二回。

事后，半夜出现的水柱差不多被人忘掉了。然而，几天后，在同样寂静的时刻，又有人喊叫起来，大家又发现了它；可当张帆驾船赶去时，水柱再次消失了，好像从未出现似的。就这样，它一夜又一夜在我们眼前出现，可后来没人再理睬它了，只是觉得神奇而已。神秘的水柱出现在晴朗的夜晚，或月光照耀，或星光满天，反正变幻不定。有时，它消失整整一天、两天或三天后才出现，而且不知怎么的，水柱每次清晰再现，好像距离我们的船越来越远，这股孤独的水柱好像一直在引诱我们往前走。

不少的船员发誓说，无论在何时何地发现水柱，无论时间相隔多久，无论经纬度相距多远，那股渐行渐远的水柱完全是同一条鲸鱼喷射的，是鲸鱼莫比·迪克干的。他们所说的话并非出于远古种族的迷信，也不是超自然之原因，但似乎把裴廓德号船出现的许多事情联系起来了。有一阵子，四处弥漫着对这种游弋幽灵的异常恐惧感，好像幽灵正在诡诈地引诱我们不断前行，为的是在最偏僻、最狂野的海上让魔鬼转身扑来，把我们撕碎。

然而，大船最终转身向东行驶，好望角的风围着他们呼啸；那里海域长，海水动荡不定，他们在水上上下起伏。象牙形的裴廓德号船头迎着强风，疯狂地穿破黑浪。这时，空虚生活的孤寂顿感消失，取而代之的是比以往更为凄凉的景象。

在船头附近，水里出现奇形怪状的东西，在船前面四处乱窜；与此同时，在船后是神秘的海鸥，成对成群地飞翔。每天早晨，可以看到这些鸟儿成排地栖息在支索上，好像它们以为这艘大船是某条漂流的、杳无人烟的船只，一个被弃的东西，正好适合无家可归的它们的栖息地。

好望角，人们是这样称呼你吗？其实，以前叫你托门图风角不是更好吗？裴廓德号船上的人发现自己驶进了这片备受痛苦的海洋；因为在这里，罪人变成了这些飞禽、这些鱼类，好像它们被判处终身游来游去，永无安息之地，或者在黑暗的空中徒劳飞翔，永远飞不到陆地。然而，身着羽毛的水柱依然直接喷向天空，它平静、雪白、恒久，它依然如以前那样招呼我们。孤独的水柱不时地出现了。

第十二章　信天翁号

裴廓德号船从好望角向东南方向航行，来到了遥远的克罗泽斯群岛海面。这时，前面隐约出现了一艘帆船，名字叫"信天翁号"。这条船缓缓驶近，我在前桅杆顶上的瞭望处看得清清楚楚，这让我这个远洋捕鲸业的新手、远离家乡在海上捕鲸的人感到格外不同寻常。

海浪像是做过漂洗工，把这条船漂得白白的，白得就像搁浅的海象骨架那样。这船外形古怪，下面四周留下了一条条长长的、生着红锈的道痕；所有的桅杆、绳索像是树上的粗枝，上面覆盖着白霜；只有较低的船帆张开着。在桅顶上有三个瞭望人，胡须长长的，一副野蛮粗犷的样儿。他们好像穿的是兽皮，但在近四年的巡游里，兽皮虽然犹存，但也破烂不堪，补了又补。他们站在钉在桅杆上的铁圈里，在深不可测的大海上摇摆晃动。这艘船缓缓地滑过来了，靠近了裴廓德号船尾；这时，在空中的六位瞭望人彼此近在咫尺，几乎可以从这船的桅顶跳到对方的桅顶上。然而，这些满脸郁郁寡欢的渔夫们从旁驶过时，一言不发，只是温和地看着裴廓德号船的瞭望者。就在这时候，从后甲板上传来了招呼声。

"喂，对面的船呀！你们看见了白鲸吗？"

那陌生的船长斜靠在灰白的船舷上，他拿起喇叭筒，放在嘴边。

不料，喇叭筒却从他的手里落入海里。这时，风乍起，喇叭筒没有了，任凭他怎么喊叫，对面的人也听不到。亚哈犹豫了一会儿，好像如果不是危险的大风阻止的话，他几乎就要放下小船，到那条陌生船上去。从那艘船的外表，他知道这船来自南塔基特岛，而且很快会返乡回家。恰好，亚哈处在上风处，他抓住机会，也拿起喇叭筒，大声喊道："喂，这是裴廓德号船，正在绕地球航行！告诉他们把信都捎到太平洋！这一次，要三年时间。如果我没有返回家，告诉他们把信捎到……"

就在这时，两条船的航迹正好相互交叉了。即刻间，一群群小而无害的鱼儿用奇怪的方式，好像抖动着鳍片，急速地躲开了。几天以来，这些小鱼一直平静地游在裴廓德号船边；这会儿，它们却在陌生船两侧前后重新排列成行。在亚哈多次航行过程中，他肯定经常遇见类似的场面。虽然如此，但在任何一位偏执狂者的眼里，哪怕最微不足道的琐事也含有不可预测的深意。

"你们从我的身边游走了，是吗？"亚哈喃喃自语，凝望着海水。虽然话语不多，似乎语气表达了这位癫狂老人前所未有的深深的无助与伤感。然而，当他转身面朝舵手时，他高声吼道："转舵迎风行驶！绕着地球走吧！"他的声音听起来像是老狮子在吼叫，原来，舵手一直驾驶这艘大船在风中逆行，减慢了行进速度。

第十三章 联欢会

好望角过去被称为风暴角，也可以叫它托门图风角，以实玛利就这样称呼的。裴廓德号船离开了好望角，直接穿过印度洋。他们遇到了另一艘船，叫"汤恩合号"，船上人员几乎都是波利尼西亚岛民，跟信天翁号一样，正返回美国。裴廓德号与这条船举行了一场联欢会。

以实玛利说，这是一场其他船全然未知的活动，甚至连其名字也闻所未闻。如果碰巧听说过此名，也仅仅咧嘴笑一笑，重复说出像"捕鲸佬""炸油锅"这些嬉戏笑料，或发出类似特别惊诧的感叹。以实玛利强调说，任何词典都没有这个词，所以他给出了自己的博学型定义，即：联欢，名词，通常指两艘（或多艘）捕鲸船在巡游场的社交聚会；彼此招呼完毕后，船上的船员相互拜访；在此期间，两船的船长留在一艘船上，两位船副待在另一艘船里。

在与汤恩合号船联欢时，有些裴廓德号船员听说了有关白鲸的故事，里面涉及某个凶狠尖刻的船副被蓄意地杀死在巨鲸的嘴颌里。不管怎样，船员们一致认为，最好瞒住亚哈，不告诉他这么意味深长的内容。裴廓德号船再次起航了，微风懒洋洋的，一直平静地吹拂，船朝东南方向的爪哇岛行驶。此外，在银色的夜晚，每隔一会儿，那孤独诱人的神秘水柱就会再次出现，依然如故地引导迷惑着裴廓德号船。

以实玛利在沉思海洋与陆地的不同性，他认为具有哲学含义。前者为人类的仇敌，子孙后代的死对头；后者碧绿、文雅、非常温顺。海洋是狡诈的，把最可怕的物种藏在最可爱的湛蓝色之下。自从开天辟地，所有的生物就在海洋里相互掠夺，进行永无止境的战争，而且还告诫人类要认清它的同类相残普遍性。以实玛利看见他们这些人漂流在可怕的海上，毫无疑问，那是命中注定的。

裴廓德号船依然行驶在活跃的海上，好似在彰显这艘船必定要面对危险，遇神秘之物。这时，从达格的桅杆顶上传来喊叫声；顿时，船上所有人感到振奋，十分激动。终于，大船发现了猎物。

"瞧！又在那里！它在翻腾！是白鲸！是白鲸！"

很快，它变了，样儿不像白鲸。此刻，海洋变化多端，它抛起了一种生物，让迷信的捕鲸人充满了虚幻的恐惧。当四艘小船靠近时，他们看到水里是一种白色物质。此物神秘地潜入水里，接着又慢慢地浮上水面。以实玛利和其他人深感震惊。

他们以为是莫比·迪克，可这种感觉很快就几乎置诸脑后了。这会儿，大家都盯着那物体，这是神秘的海洋迄今向人类展示的最令人惊叹的奇观。它漂浮在水上，是一大团泥状的东西，长宽好几百米，呈光亮的奶油色；如同一窝水蟒从中央向四方伸展似的，那物体有无数的、卷曲缠绕的长臂，好像在四处摸索，附近的物体一旦被长臂抓住，那就自认倒霉了。此外，它的脸部在何处？它的前半身在什么地方？根本无法认出；它有感觉吗？有本能的表征吗？也难以想象出来。然而，它是一个难得一见的活幽灵，既怪异又无形，在巨浪上波动起伏。

随着低沉的吸吮声，它又慢慢地消失了。斯塔巴克发疯似的，大声嚷道："我宁肯见到莫比·迪克，和它搏斗一番，也不愿意看到你，你这个白鬼！"

"先生，这是啥东西呀？"弗拉斯科问。

"这是一个大乌贼。很少的捕鲸船见过此物。这些船回港后，也难得听他们说起此事。"

亚哈沉默不语，他调转小船，朝大船划去。其余的人也默默地跟着去了。

第十四章 斯图布杀了一条鲸鱼

第二天，天气闷热，但很安静。裴廓德号船上的船员没有什么要做的特别事情。大海如此空旷，由此诱发出船员们阵阵睡意，让我们几乎难以抵御。

这会儿，正是我在桅杆顶上值班。我双肩靠在最上面的宽松的护桅索上，天空好像被施魔法，使得我在空中懒洋洋地来回晃动。

突然，水泡汩汩地冒了出来，好像就在我闭上的眼皮底下。我从震惊中清醒过来，我的双手像老虎钳似的，抓住横桅索，某种无形的、巨大的力量在支撑着我。瞧！就在靠近船的下风方向，相距不到四十英寻，有一条很大的巨头鲸，它正躺在水里翻滚，像是一艘底朝天的快速战舰外壳。巨头鲸的背部宽阔光泽，在太阳光下亮得像一面镜子。说时迟，那时快，寂静的大船一下热闹起来，船上睡觉的都突然惊醒了，犹如某个魔法师用魔杖敲打了似的。紧接着，传来二十多人习惯的喊叫声。

船员们突如其来的呼喊声可能惊动了鲸鱼；在小船还未放下之时，它就大摇大摆地转过身，朝下风方向游走了。

"瞧，它溜走了！"喊声响起后，斯图布便掏出了火柴，点燃了烟斗。这会儿，他可以喘口气了，原来巨头鲸发出声后就下潜了。等了好一会儿，巨头鲸又浮出了水面；斯图布想显显身手，把它抓住。

"伙计们，划过去，朝它划去吧！你们别慌，有的是时间。要如雷霆迸裂之势朝它划去，朝它划去，这就行。弄倒它，就像与恐怖的死神、厉鬼们搏斗那样；弄倒它，如同把已经埋葬的尸首直接从坟茔里拖出来那样，这就行，划过去吧！"

他们拼命地划着，像亡命之徒那样竭尽全力，直至听见令人欣喜的喊声。"站起来，塔希蒂格，给它一家伙！"标枪猛地掷了出去。"后退！"划桨手纷纷倒划起来；与此同时，一种火辣辣的、响着嘶嘶声的什么东西在每人的手腕上移动。原来是那根魔力绳索在动呀。片刻前，斯图布在圆柱上快速地多缠了几圈那根绳索，但由于缠绕的速度不断加快，麻绳编织的绳索现在冒出了青烟，与烟斗升起的徐徐烟雾搅混一起。

"靠拢，靠拢！"斯图布朝前桨手喊道。所有人员转身面向鲸鱼，开始划船向它靠近；与此同时，小船也被拖向鲸鱼那里。很快，斯图布移动到了鲸鱼的侧腹，他的膝盖紧紧地抵住粗糙的系缆墩，一枪又一枪扎进飞奔的鲸鱼。在口令的指挥下，小船变化不断，一会儿后退，避开鲸鱼可怕的翻滚；一会儿靠近鲸鱼又继续掷投标枪。

"拉起来，拉起来！"斯图布朝前桨手喊道，"拉起来！靠拢去！"这会儿，被激怒的鲸鱼疲劳了，逐渐衰弱了，小船划到了鲸鱼的侧腹边。斯图布的身子伸过了船头，他搅动着又长又尖的标枪，使之慢慢进入鲸鱼体内；然后，他小心地不断搅动着留在鲸鱼体内的标枪，好像他在小心翼翼地寻找可能被鲸鱼吞噬的某块金表，又担心还未把金表钩出来就把它弄坏了。当然，他寻找的那块金表就是鲸鱼最深处的命根子。而顷刻间，那命根子被戳中了。于是，巨鲸从昏迷状态开始转入难以言状的所谓"骚动"，在自己的血泊里剧烈翻滚，把自己包裹在密不透光的、癫狂的、沸腾的浪花里，以至于小船身处险境，不得不立刻朝后退去。在狂怒昏暗中，小船几经慌乱，盲目挣扎，这才回到那天清新的气氛里。

巨鲸的骚动减弱了。这会儿，人们可以看到它再次翻滚，左右摇摆；喷水孔间歇性地一张一缩，伴随着急促、痛苦、咳咳作响的呼吸。最后，凝结的红色瘀血一股股地迸发而出，犹如红酒里紫色的沉渣，喷向受到惊吓的空中，继而又回落下来，滴在它那木然不动的侧腹上，然后再流入海里。巨鲸的心脏爆裂了。

"它死了！斯图布先生。"达格说。

"是的，两支烟斗里的烟熄灭了！"斯图布拿下叼在嘴里的烟斗，把已灭的烟灰撒进海里。一时间，他若有所思地站着，盯着被他弄死的巨鲸尸首。

斯图布捕杀了这条巨鲸，此处离大船有一定距离。海上风平浪静，人们把三艘小船一前一后地连在一起，然后开始慢慢操作，把战利品拖到裴廓德号船上。夜幕降临了，在裴廓德号船的主索具上上下下，有三处地方亮起了灯，微弱的光线为他们照明方向。拖船越来越近，最终看见了亚哈从另外几盏灯笼中取下一盏灯笼，把它垂放在舷墙外。他茫然地盯着正在吊起的鲸鱼。过了一会儿，他下达了命令，吩咐要像往常那样夜晚看好鲸鱼。然后，他把灯笼递给一位水手，就离开了。他回到了船舱里，直到第二天早晨，他才再次露面。

这会儿，如果说亚哈一直默不作声，那么，船副斯图布因征服成功而满面红光，露出异乎寻常但仍不失性情温和的激动。斯图布是会享受的人，嗜好美味的鲸鱼肉达到了无节制的程度。

"在我睡觉之前，来块鲸排，来块鲸排！你，达格！你下水去，在鲸鱼背部细长部位割一块吧。"

　　大约半夜时分，鲸排割下并做好了。两盏鲸油灯笼点亮了，肥壮的斯图布站立着，吃起了放在绞盘上端的鲸肉晚餐，好像绞盘变成了餐具柜似的。那天夜晚，并不是斯图布独自一人赴宴。成千上万的鲨鱼拥挤在海中死去的巨鲸四周，活泼乱跳地大口大吃着它的肥肉，它们的咕哝声与斯图布的咀嚼声混在了一起。

　　鲨鱼的这种不分彼此的行为够吓人的。此外，鲨鱼还是所有横渡大西洋的运载奴隶船只的忠实侍从，有条不紊地跟随在船只两侧；一旦有包裹要送往别处，或死去的奴隶要体面地安葬，鲨鱼们正好可以派上用场。当然，巨头鲸死了，被海上捕鲸船捆住了，如果不是在夜间死鲸周围，哪有别的时间和别的地方看到如此数也数不尽的鲨鱼，看到它们欢快开心的样儿。

第十五章 割油

　　这次的捕鲸是在周六的夜晚，恰逢第二天是安息日！由于工作上的原因，所有的捕鲸人没有遵守安息日的规定。这会儿，这艘象牙型的裴廓德号船变了，变得好像摇晃不稳了；每位水手成了屠夫，乍一看，还以为他们正用上万头血淋淋的公牛供奉海神呢。

　　首先，巨大的切割复滑车被摇摇摆摆地拉到主桅楼顶之处，并用绳索牢牢地固定在较低的桅顶上，此处在甲板上最为牢固。一根粗如大缆的绳索一头绕过这些错综复杂的复滑车，然后被拉到绞盘上；大滑轮位于复滑车的最低处，在鲸鱼之上悬吊着，滑轮上固定了专吊鲸鱼的大钩。这会儿，斯塔巴克和斯图布手里拿着长铲，站在旁边的悬浮梯上，在鲸鱼的两个侧鳍最近之处动手了，他们割开一个洞，用来插入大钩的。这项活儿做完后，大部分船员便拥挤在绞盘周围，开始启动复滑车。顷刻间，整个船朝一边倾斜，也在摇晃颤抖；桅杆顶不住地朝天空点头，好像受到了惊吓似的。船还在倾斜，直至传来了既快又震惊的噼啪声。随着巨大飞溅的水浪，大船终于向上仰动，往后退去，离开了鲸鱼；滑车升起来了，成功地拽出第一条鲸脂，出现在人们眼前。鲸脂裹着鲸鱼身，如同橙皮包着橙子。这样一来，如果要从鲸鱼身上取下鲸脂，有时候就得像剥橙子那样旋转地去掉外皮。而绞盘呢，它会持续绞动，其拉力使得鲸鱼在水里不停滚动，鲸脂由此得以剥离出来。同时，鲸脂被吊了起来，在空中越升越高，直至鲸脂上端触碰到了主桅楼。

这时，在旁边照料的标枪手里，走出一人，他手拿一把又长又锋利的攻船剑，在晃动的鲸脂肉团下部熟练地切开了一个大口子。接着，另一部备用大滑轮头钩住了这个口子；于是，这位熟练的剑客就此把整块鲸脂肉团切割成了两半，长的那一半在上面自由晃动，可以随时卸下来。由此，复滑车继续运行，两部滑车同时一起一落；鲸鱼在翻滚，绞盘在绞动，绞盘手们唱着歌，鲸脂房的先生们不停地卷着鲸脂，大船紧绷着拉力，所有帮手们偶尔也咒骂几声，借以缓解小小的碰撞或摩擦。

裴廓德号船捕捉的巨头鲸被砍了头，剥了皮。鲸鱼头给吊在了船边，头部一半左右露出了水面，使得鲸鱼头在很大程度上是依靠自身浮力而自然地托了起来。受到压力的大船朝鲸鱼头急剧倾斜，鱼头滴着血，吊在裴廓德号的船腰上，如同挂在朱迪思腰上的巨人荷罗孚尼的头颅。

荷罗孚尼是一个巨人型的武士，他的头被朱迪思砍下。以实玛利是他们的学术型水手，他的比喻显然指的是捕鲸业。在《圣经》引文之后，以实玛利解释说，剥离鲸脂或剥取脂肪是一项危险的操作。在整个操作过程中，奎奎格不得不在翻滚的死鲸尸首上保持平衡，这使得他的嘴唇泛青，眼睛充血，身体因筋疲力尽而颤抖。随后，跟班递给他喝的饮料，那是一杯姜汤，不是传统的辛辣的白兰地。

斯图布生气了，责备跟班企图毒害奎奎格。他跑下船舱，又从船舱下返回来，手里拿着一瓶烈酒。其实，受责备的不该是跟班，应该是慈善姑妈，她是比尔达的姐姐，一位虔诚的教友派信徒。在他们离开南塔基特岛前，慈善姑妈把姜汤带上船，并坚持让跟班将此供给标枪手们，目的是要把他们从烈酒的罪恶中拯救出来。

总之，慈善姑妈的好心礼物被随意地给予了海浪，斯图布把姜汤扔出了船。哈哈，奎奎格满意了。

第十六章　水槽和水桶

随后，以实玛利继续描述，说到了一种比奎奎格的活儿还可怕、更危险的操作。鲸鱼的头被砍掉了，与其躯体分离了，鲸鱼头被大滑轮升起了，悬挂在两个大钩下晃来晃去。鲸鱼的尸首被剥去鲸脂后，就可让其随水漂走，或沉入海底，或任其腐烂。这时，塔希蒂格的工作开始了，他要凿开一条通道，使其可以进入头盖骨中叫作"脑盒"的地方。那里装的是鲸脑，其价格很高，是鲸鱼油类中最为珍贵的东西。这会儿，"脑盒"入口处滑溜溜的，一片血迹，塔希蒂格在那里一边要保持平衡，一边要用一个木桶舀出多达五百加仑的所容之物。他只抓住一根细绳，目的是确保安全。之后，他就得用一根杆子将木桶塞进二十五英尺或更深的"脑盒"里。这一次，却发生了一件古怪的事情。

到底是怎么回事呢？直到现在也说不清。当时，突然间，也就在汲满第十八九桶并往上提的时候，我的天呀，可怜的塔希蒂格一头栽了下去。随着汩汩的、似油的可怕响声，他就不见踪影了！

"有人落水了！"达格大吼道。在失措的人群中，他是第一个反应过来的。大家将头探过船舷，只见那鲸鱼头之前还毫无生气，现在却在海面上起伏跳动，好像鲸鱼头这会儿有了什么重要的想法似的。其实，那只是可怜的塔希蒂格沉到危险深处，正在那里挣扎，无意识地造成了这种现象。

就在这一刻，响起了尖利的破裂声；悬吊鲸鱼头的两个大钩，其中一个脱钩了，所有人顿时感到了难以名状的恐惧。随着剧烈的震动，那庞然大物的鱼头朝一旁摆动，使得大船像醉酒似的抖动摇晃，犹如撞到了冰上似的。

"远离滑车！"那喊叫声如同火箭射出。

几乎就在同一时刻，随着一声雷霆般的轰鸣，那庞然大物的鱼头掉进了海里；船体顿时如释重负，一边左右摇晃，一边离开了重物！可怜的塔希蒂格呀，他却被活活地埋在了水里，而且继续朝海底下沉！就在此时，迷茫的水汽还未散尽，只见有一人，赤身裸体，手持攻船剑，一晃就越过了船舷；紧接着，水溅起，响亮的水声告诉人们勇敢的奎奎格已经跳水救人去了。人们挤在一起，冲到船边，每只眼睛盯着每道涟漪；时间一分一秒过去了，可就不见下沉的人，也无跳水者的踪影。

"哈哈！"达格突然大喊起来。他们在船边放眼望去，只见一只手臂从碧绿的海浪里竖起伸出；此景看起来怪怪的，如同手臂是从坟茔草丛中伸出似的。

"两个！是两个！是两个！"达格又喊起来，高兴地呼叫。很快，只见奎奎格一只手奋力击水，另一只手抓住印第安人的长发。

原来奎奎格下潜时，跟着慢慢下沉的鲸鱼头，他用锋利的攻船剑在靠近头的底部侧身戳进去，直至捅开一个大口子。然后，他扔掉攻船剑，将他的长臂插进鱼头，一直伸到鱼头的深处和顶部。就这样，他抓住了可怜的塔希蒂格的头，把他拖了出来。奎奎格后来说，当他的手插进去时，先摸到的是一条腿。他很清楚这可不成，会造成大麻烦。于是，他用力把那条腿推了回去，然后再用灵巧的手臂做了个连举带转的动作，使塔希蒂格翻了个筋斗。就这样，当他再次动手时，塔希蒂格就按照头朝前的老办法出来了。至于那鲸鱼头，就随它去吧，想去哪里就去哪里吧。

可见，助产士在学习助产课程时，还得学习剑术、拳术、骑术以及划船技术呀。

第十七章　处女号船

　　裴廓德号船漫游于世界各地的捕鲸地，也必然会遇到许多其他的捕鲸船。亚哈自认为，他命中注定就是要找到并杀了那头白鲸。他非常清楚，在他途经之处所遇到的每一艘船，便是他询问和打探哪怕是最细微线索的机会。尽管以实玛利表面接受这种奇怪想法，但仍然心存疑惑。在他看来，其中的某些部分很可能就是苦涩的笑话。像南塔基特岛人那样，法国人、德国人、英国人对他们这些捕鲸人鲜有羡慕或敬佩之情。当时，他们就犹如纸板剪影的外国人，对捕鲸的游戏如此知之甚少，但为附和以实玛利所说的话，这些命中注定的相遇只不过就是向他们尽量多讲些有关美洲的情况和他们的看法而已。例如，有一次，裴廓德号船遇到了一艘来自不来梅的船，叫"处女号"，由一名能力不强的船长德里克·德·迪尔指挥。

　　处女号船的船员也捕捉鲸鱼，可却毫无作为。当两船相遇时，他们不得不划船到裴廓德号那里，求得一些用于点灯的鲸油。当人们发现鲸鱼喷水时，处女号船距离喷水处比裴廓德号船近得多，可他们被裴廓德号船员轻易超过，因而失去了当天仅有的猎物。勇敢的美洲人展示了精湛的船艺，那是一场有效的追捕，一次嘲弄德国人的机会。在某种程度上，可谓为英雄壮举！然而，以实玛利却要诋毁此次捕鲸。那条鲸鱼太老了，确实如此。当他们扎进鲸鱼体内时，发现里面还埋有一个石制的标枪头。他们对鲸鱼极为野蛮。

这会儿，几艘小船围住了老鲸鱼，距离它越来越近。通常，鲸鱼的上半身大部分隐没在水下，现在却清清楚楚地显露出来了。它的眼睛，或者说曾经是眼睛的位置，也在水手的视线范围。然而，曾经是鲸鱼眼睛占据的地方，失明的眼球这会儿伸了出来，看上去既可怕又可怜，正像十分高贵的橡树倒下后，其节孔里大量聚集着错乱生长的奇怪东西。可是，在那里，无人可怜老鲸鱼，因为它老了，就得死去，该遭杀戮，好去照亮欢乐的婚礼和人类寻欢作乐的场地，也要照亮庄严的教堂，那里在鼓吹芸芸众生要无条件地逆来顺受。虽然老鲸鱼还在血泊里摇晃，但最终在它的侧腹下部露出一个奇怪的、变色的管状物，有一蒲式耳那么大小。

"一个好地方，"弗拉斯科大声说，"让我在那里扎它一下。"

"算了！"斯塔巴克喊道，"没必要了！"

然而，仁慈的斯塔巴克的话说晚了。即刻间，标枪下去，疼痛的伤口溃烂喷射，受到刺激的鲸鱼变得更加痛苦。这会儿，它喷着浓血，瞎着眼，暴躁快速地冲向小船。血块如阵雨似的溅污了船只和所有喜悦的船员，弗拉斯科的船被弄翻了，船头毁坏了。这是老鲸鱼死前最后的挣扎。

也许，这是老鲸鱼死前最后的挣扎，但它也报复了。捕鲸人回到了大船，他们还未来得及把鲸鱼处理成可卖的东西，那条鲸鱼却开始下沉了。绳索不得不被砍断，让鲸鱼脱离了裴廓德号船，否则下沉的重力会弄翻大船。发现了石制标枪头后，以实玛利就在想："是谁投掷它的呢？是在什么时候投掷的呢？也许是早在美洲尚未被发现之前，由一些西北的印第安人投掷的吧。"这又有什么哲学含义呢？现代的、体面的美洲人在有些方面被视为野蛮人。不仅如此，以实玛利可能将老鲸鱼用来代表美洲本身。白人们追逐并残酷地杀戮了老鲸鱼，可就凭借它的年龄和长命高寿，它剥夺了白人到手的猎物。白人可以获得他们称之的美洲，但他们不能持有它，它也不可能完全归属于他们。"发现了"一词用得惟妙惟肖，恰到好处。如果白人发现了美洲，那么谁是西北的印第安人呢？他们是不是那里的第一人？有时候，人们不得不猜想，以实玛利究竟在想嘲弄谁呀？

第十八章　龙涎香

　　裴廓德号遇到了另一艘船，叫"玫瑰蓓蕾号"，是一艘法国船。裴廓德号船穿过漂亮的巽他海峡后，大约过了一两周，就出现了奇怪的相遇。巽他海峡连接印度洋和中国海，亚哈计划是向北航行……

　　裴廓德号船快速掠过菲律宾群岛附近海面，到达了遥远的日本海岸，及时赶到了那里的最佳捕鲸季节。通过这种方式，环游的裴廓德号船在光临太平洋航线之前，就可以扫荡几乎所有已知的巨头鲸巡游的地方。在这些地方，亚哈的追踪以失败而告终；但他估计，在莫比·迪克最常出没的海域，在它光顾那里最可能的季节，会与莫比·迪克有一番打斗。对此，亚哈坚信不疑。

　　玫瑰蓓蕾号船最先是被捕鲸人的嗅觉发现的。以实玛利说，裴廓德号甲板上许多人的鼻子比桅杆顶上的三对眼睛显然灵敏多了。当玫瑰蓓蕾号船出现时，裴廓德号船的人发现有两条恶臭的鲸鱼被系在玫瑰蓓蕾号船的侧面。那动物已经死了，而且正在迅速腐烂。

　　不难想象，这种庞然大物肯定散发出多么难闻的气味呀！那气味确实让有些人难以忍受，即便有贪婪之心的人，也无法劝动自己将船停泊在它的旁边。实际上，从这家伙身上获取的鲸油质量很差，也没有一点儿玫瑰油的特质。尽管如此，仍然有人就这样做了。

有经验的捕鲸人都知道其中的原因。有时候，这些恶臭的鲸鱼含有值得提取的东西，一种被称为龙涎香的蜡状物质。这种东西在病态的消化系统中形成，在香料制造业里备受青睐。裴廓德号船上爱献殷勤者，当属斯图布。如有可能的话，他决定用可行的价格去戏弄法国船。当然，他有烟斗，可以遮住那种气味。很快，他发现那船长是第一次出海。不知怎么的，别无他法，系着这些死鲸，仅仅期望以此得到鲸油。斯图布很快让船长确信，呼吸如此恶臭的空气会引起致命的发热病。那一天，正好风平浪静，斯图布提出要帮助，把一条死鲸从玫瑰蓓蕾号船边拖走。于是，玫瑰蓓蕾号船驶到裴廓德号船后面看不到人影之处，他抓住锋利的小船铲，并且……

斯图布立刻开始收获靠诡诈而得到的不义之财。无数的飞禽围住他们，不停地在俯冲，钻入水里，尖声叫喊，争斗不休。斯图布慢慢地流露出失望之情，尤其是那股气味，变得越来越难闻了。就在此时，在这种恶臭的正中心，突然飘出了一缕淡淡的香气，穿过流动的恶臭，淡香依旧不减。

"有了，我找到了，"斯图布一边高兴地喊道，一边在隐秘的部位敲击什么东西，"拿一个小口袋来！一个小口袋！"

斯图布扔下小船铲，双手用力插进去，取出了一把把东西，像是芳醇的温莎香皂，又像是油腻的、呈杂色的陈年奶酪。这些东西非常油滑，且带芳香气味。亲爱的朋友们，这就是龙涎香。在任何药商那里，龙涎香每一盎司价值一个金基尼。那些体面的女士们、先生们享用的香精，竟然出自于病体鲸鱼极不雅观的内脏。谁又能够想到呢？然而，事实确实如此。

第十九章　被遗弃者

与法国船相遇之后没过几天，发生了一件极为重要之事，此事降临在极为普通的裴廓德号船员头上，真是极为悲痛呀。

如今，在捕鲸船上，不是每个人都要下小船的。总有几人会留在大船上，称之为大船看守人。当小船追逐鲸鱼时，看守人的职责就是管好大船。如果船上碰巧有人身子过于单薄、笨手笨脚、胆小怕事，那么他肯定就会成为大船的看守人。在裴廓德号船上，那个外号叫比平，简称皮普的小黑人就是这种人。可怜的皮普呀！你们以前听说过他了，一定记得他的小手鼓在那激动人心的半夜间如此沮丧，又那般欢快。

实际上，尽管皮普心地太柔弱，但他非常聪敏，具有他部落的愉快、亲切、阳光的特点。他热爱生活，热爱所有生活里的平静与安宁。好啦，就来讲述这件事吧。

在处理龙涎香之事中，斯图布的后桨手不巧扭伤了手。一段时间内，他的扭伤很严重，而皮普就这样被临时安排顶替了。

这会儿，小船划到了鲸鱼跟前。铁制标枪投出了，戳中了鲸鱼；与此同时，鲸鱼习惯性地急促撞动起来，正好撞到了皮普座位下方。片刻间，皮普不由自主地感到了恐慌，就在船上跳了起来；由此，他的胸部碰到了一节松弛的捕鲸索，被碰的绳索给他弄到了船外，而且还被绳索缠住了。

塔希蒂格站在船头，满怀追逐激情。他讨厌皮普胆怯的样儿，他从刀鞘里拔出船刀，把刀刃搁在松弛索上，然后转过身，对着斯图布大声询问道："割断吗？"

"该死，割断！"斯图布吼道。于是，鲸鱼跑了，皮普得救了。

可怜的小黑人皮普心情刚安定下来，就遭到其他水手们的指责，对他既嚷叫又诅咒。斯图布最后说："贴在船上，皮普，否则，如果你再跳下去，我敢发誓，我不会把你拉起来了。记住吧。为了救像你这样的人，让鲸鱼跑掉，那损失就大了。皮普，在阿拉巴马，一条鲸鱼卖出的价格比你的身价贵三十倍。记在心里，可别再跳起来了。"不容置喙，斯图布的话带有命令的口气。

然而，所有的人都在上帝的掌控之中。皮普又跳了起来。这次的情况跟上次相似，只是他的胸部没有碰到捕鲸索。当鲸鱼突然狂奔时，皮普就被摔到了后面，落入海水里。唉，斯图布也太信守诺言了吧。那一天，天空湛蓝，气候宜人；海水闪烁发光，平静凉爽；海洋平坦无垠，向四面的地平线延伸，如同金箔匠的金箔那样被锤打得薄到极致。这会儿，皮普的头在海水里上下摆动，黑得跟乌木一样，看起来像丁香树冠似的。不到三分钟，在无边的海上，皮普距离斯图布足足一英里远了。

这会儿，天气风平浪静。对于熟练的游泳者来说，在广阔的海洋里游泳就如同在岸上驾驶一辆弹簧马车那样轻松自如。可是，孤独很可怕，不堪忍受。如果有人强烈地意识到自己处在残忍的、无限的大海之中，天呀，谁能够说出这是什么滋味呢？想想水手们是如何在大海里游泳的吧——海水如死寂一般的平静，他们靠在船边非常近，而且就在船边游来游去。

喔，斯图布当真抛弃了可怜的小黑人，任他受命运的摆布吗？不对，他起码不是存心如此。当时，有两艘小船尾随在后，他很可能以为他们自然会很快赶到皮普身边，把他捞上来。可非常凑巧，这些小船没有发现皮普，却突然看见旁边出现了鲸鱼；他们掉转了船头，追逐鲸鱼去了。

最后，是大船自己在非常偶然时机救了皮普。可从那时起，小黑人就在甲板上转来转去，他傻了；至少，大家是这么说的。大海捉弄了他，托起了他那有型的身躯，却淹没了他的无形的灵魂。不过，与其说他没有完全淹死，倒不如说他被活生生地拉到奇妙的深渊，那里有奇形怪状的东西，都在他那冷漠的眼前滑来晃去。皮普说，他看见了上帝的脚踩在纺车的踏板上，并且还在对纺车说话。这样一来，他的同船船友们都认为他傻了。唉，人的精神错乱皆因上天所赐。

其他的船员没有太严厉地责备斯图布。在捕鲸业，这样的事情见惯不惊。在之后的讲述里，人们还将看到像抛弃这类的事情是怎样落在我自己的头上。

第二十章 胳膊和腿

　　撒母耳·恩德比号是裴廓德号船遇到的最后一艘"命中注定"的外国船。该船来自伦敦，而且从这艘船上终于获得了莫比·迪克的可靠消息。英国船副的身上又一次露出某种特别的种族特点，讲起话来停不住，没完没了！可这一次，淡淡的蔑视带有一点儿敬意。撒母耳·恩德比创立了著名的伦敦捕鲸公司，该公司的船只是首批能够定期捕捉巨头鲸的非南塔基特岛船队，这艘船就是以此人而命名的。此外，他们属于首批来太平洋捕鲸的人，而且他们还发现了巨大的日本捕鲸场。不过，在那次最大的航行里，船长却是南塔基特岛人，名叫科费。在亚哈看来，喋喋不休的英国人有点特别。其中就有一例：船长布默，他不仅看见了莫比·迪克，还与它搏斗过，并失去了一条胳膊。

　　"你见过白鲸吗？"

　　"见过这个吗？"布默拿出了藏在衣褶层里的东西，并把它举起来，原来是一块用巨头鲸骨做的白色手臂，手臂端口有个像木槌样的木头。

亚哈隔着海水就这样打了招呼，然后登上了英国船。这两人友好地碰了碰他们的象牙色的假肢，以示"让我们相互握握鲸骨吧"！尽管如此，他们未能真正地相互理解。据说，布默尾随莫比·迪克，共达两次！不过，他没有想猎杀它，让它一路游走了。亚哈感到震惊，他问这是为什么呢。布默回答说："失去了一只胳膊还不够吗？"

　　"它弄到的那只胳膊，就让它拿去吧，反正我也没有办法，我当时也不认识它，但这一只胳膊就不成了，我再也不和白鲸打交道了。我曾经放下小船追过它，那次的追逐已经让我满足了。我知道，如果能够杀了它，那可是极大的荣誉。而且，它的身上还有一船那么多的珍贵鲸蜡油呢。可是，你听着，最好别去碰它，你不这么想吗，船长？"他说着，眼睛瞥了一下亚哈乳白色的腿。

　　"它确实厉害。尽管如此，还得去追捕它。别去碰它是什么意思？那该死的东西可不是一直没有诱惑力的。它可是一块磁石呀！你最后一次见过它是什么时候？它朝哪个方向去了？"

　　"天啊！"英国船长叫道，"怎么啦？我想，它朝东去了。你们的船长疯了吗？"他悄声地问费达拉。

　　不过，费达拉把一根手指放在嘴唇上，溜到了一边，过了船墙，拿起了小船的舵桨。亚哈命令大船的所有水手做好放下小船的准备。

　　不久，亚哈站在了小船的船尾上，那些马尼拉人在划动船桨。无奈的英国船长向他招呼示意，亚哈板着脸，笔直站着，直至小船靠近裴廓德号船。

第二十一章　亚哈的腿

　　亚哈离开了撒母耳·恩德比号船。他行走急匆，只因那一点儿未被察觉的用力，就伤到了他自己。原来他一下落到小船横座板时，就轻轻地用了那一点儿力，他的鲸骨腿就受到了震动，像是要裂开似的。他叫来了木匠。等那手艺人到了他跟前时，亚哈就立刻吩咐他着手做一个新腿；同时，他命令船副们把现有的、一路航行积累的、用巨头鲸牙骨做的装饰壁骨和托梁通通交给木匠，目的是要精心选出最结实、条纹最清晰的材料。

　　以实玛利说，那木匠是一个纯粹的手工人，他像一种非常有用的谢菲尔德式的发明器。从外表上看，这发明器有点儿大，像个普通的折叠小刀。不过，里面装有各种尺寸的刀刃，还有螺丝刀、螺旋拔塞器、镊子、锥子、笔、尺、指甲锉、倒角刀（今天所称的瑞士军刀，好像以实玛利更了解此物）。对这人来说，做一条腿不过就是一次日常工作罢了。他还会重新修复破碎的小船，拔牙，修理断裂的桅杆，为飞到甲板上的奇异鸟做鲸骨笼子，在斯图布的划桨上画上朱红色的星星，为水手打耳洞戴耳环……无所不能。就在第二天，亚哈又有腿了，像真正的、活生生的腿似的。木匠把它装上了，亚哈很满意。

不久，他的高超手艺受到了考验，其方式非常奇特，就是要他做一具极其特别的棺材。这具棺材不同寻常，像南海岛民的独木舟。大多数的棺材用来装死人的，可它命中从不这么用。事实上，它还救人一命。虽然那人不是奎奎格，但这具棺材就是为他做的。

事情发生在每隔两周的例行检查木桶的时候。这些木桶已经装满了珍贵的鲸油并存放在船舱里，可有些木桶放在了深处看不见，却有漏油的迹象。斯塔巴克自然决定要阻止巨额的损失，他想要亚哈用复滑车把木桶一个一个地拉出来，才能够发现损坏的木桶。亚哈由此大发雷霆。

"吊起复滑车，找到坏油桶？既然我们快到日本了，在这里停船一周，就为了修补这些旧桶箍吗？"

"先生，要是不修补的话，那么一天的浪费可能比我们一年弄来的东西还要多。我们一路走了两万英里，应该好好保存呀，先生。"

"走开，让它流去吧！"

"那船主会怎么说了，先生？"

"就让船主站在南塔基特岛海滩上声嘶力竭地吼去吧。与我亚哈有什么关系呢？上甲板去！"

斯塔巴克拒绝离开船舱，亚哈便抓起一杆放在架上装有子弹的毛瑟枪（一种在东部水域常常携带的、防海盗的用枪），举枪对着他。亚哈最后一次命令他回到甲板上去。斯塔巴克勇气不减，但决定让步了。

斯塔巴克控制着自己的情绪，他直起身，异常冷静。正当他要离开小屋时，斯塔巴克又停了一会儿，说："你不仅侮辱了我，还对我采用了暴力，先生。不过，我请你不要提防斯塔巴克。笑一笑，就过去了。可是，得让亚哈提防亚哈，提防你自己，老人家。"

"他的胆子大起来了，不过还是服从命令的；谨慎勇敢，难能可贵呀！"斯塔巴克走开后，亚哈喃喃自语道，"他说的是什么呢？亚哈提防亚哈？话里有话呀！"他紧锁眉头，无意识地把毛瑟枪当成拐杖，在小屋里走来走去。过了一会，他的额头上密集的垂发舒展了，他把枪放回架上，向甲板上走去。

"斯塔巴克，你这家伙不错，"他低声对船副说，然后又抬高嗓音对船员们说，"卷起上桅帆，收起前后中桅帆，后退主桅下帆横桁，吊起复滑车，打开主舱。"

这一次，意志的对决似乎是头脑清楚者赢了，但却差点儿导致奎奎格的死亡。

第二十二章　奎奎格在他的棺材里

经过检查，最终发现放在船舱里的油桶完好无损，漏油一定还在船舱深处的地方。这会儿，风平浪静，他们朝着船舱深处继续检查，连放在底层的大桶也搞乱了。可怜的标枪手奎奎格不得不钻进阴暗的船舱，整天困在舱下，既苦涩又出汗不止，全力以赴地搬动极其笨重的大桶，还得把这些桶放置妥当。简言之，在捕鲸人中，标枪手就是所谓的船舱保管员。

可怜的奎奎格！船舱差不多被掏得半空了。此时，人们真该在舱口俯下身，往下看看在那里的他呀！只见那个刺青的野蛮人，全身脱光了，只剩下羊毛内裤，在潮湿黏泥的地方爬来爬去，像井底的一只绿色斑点的蜥蜴。

奇怪的是，他浑身热得出汗，却得了重感冒，继而转成了发热发烧；经过几天的折磨，他最终躺在吊床上，快要接近死亡的门槛了。

没有一个水手认为他不会起死回生。那奎奎格本人对他的病情又怎么想的呢？他请人做了一件怪事，就有力地说明了。当这个请求传到船尾，木匠立刻受命按照奎奎格的要求行事，不管他需要什么，都予以满足。当木匠钉好了最后一颗钉子，刨好并安稳了盖子之后，奎奎格毫不费力地扛起棺材朝前走了。这会儿，他恳求大家把他抬进他的最后的床上，他想试一试舒不舒服，希望能够如愿以偿。奎奎格双臂交叉放在胸前，中间放着约鸠小木神，他让人把棺材盖盖在他的上面。显然，奎奎格做好了死的一切准备，他的棺材也显得很合适。然而，他突然又痊愈了。实际上，关于"去死"之事，他说他回心转意了。人们问他，活着或死亡是否是由自己意愿做主，是否随自己快乐而决定。他回答说，确实如此。简而言之，在奎奎格的观念里，如果一个人决心要活着，区区病痛要不了他的命；只要不碰到鲸鱼或风暴，或不遭到某种暴力的、难以控制的、愚昧的摧残，那就安然无恙。

　　现在，奎奎格又突发奇想了。他把自己的棺材当成了在海上使用的柜子，把他帆布包里的衣服全倒入棺材里，并把它们整理放好。

第二十三章　太平洋

　　裴廓德号船驶过了巴士群岛，最后到达了浩渺的南海。这会儿，很可能那可恨的白鲸就游动在这里。尽管这几乎是大船航行的最后的海域，但亚哈老人的意志却越发坚定了。他紧闭双唇，如同老虎钳夹得紧紧的；额头上的三角条纹膨胀了，像满溢的水溪；在他深睡之时，他也在喊叫，声音响彻拱形的船体："倒着划！白鲸喷浓血啦！"

　　现在，亚哈朝铁匠裴斯走去，他要弄一只专门对付白鲸的标枪。他带着一个皮口袋，里面装有专钉赛马铁掌的钉子，那是他能够搞到的最硬的材料。帕斯和亚哈一道先把铁钉铸成十二根铁条，然后将铁条焊成一根铁棒。亚哈又把他的剃刀给了铁匠，要他把剃刀铸成倒钩。

　　最终，帕斯把剃刀改变成箭头的形状，并焊在铁棒上。顿时，铁棒头上有了锐利的钢尖。就在铁匠准备给倒钩最后一次回火时，他对亚哈大声喊道，要他把水桶放到近处。

　　"不，不，别用水。它要的是真正的死亡回火剂。喂，瞧吧！塔希蒂格、奎奎格、达格，你们说呢，异教徒们！你们愿意给我足够的血来覆盖这块倒钩吗？"亚哈高高地举起它，是的，一群黑色脑袋纷纷点头同意了。于是，那块猎取白鲸的倒钩在异教徒的血肉里扎了三枪后，回火便告成功。

当那灼热的铁东西吞食了洗礼之血时，亚哈大声吼叫："我不是以上帝的名义为你洗礼，而是以魔鬼之名为你洗礼。"

一切完毕后，忧郁的亚哈拿着那件武器大步离去了。他的乳白色的鲸骨腿声和山核桃木杆的响声，在沿途走过的每块木板上空空作响。可在他还未走进船舱时，却传来了轻轻的、不自然的、嘲弄的、听起来更为怜悯的声音。喔，是皮普呀！你那可怜的笑声，你那慢慢转动但又不停歇的眼睛，以及你那奇怪的各种哑剧动作，无不有意地与犹豫之船的黑色悲剧交织一起，在嘲弄着它！

第二十四章　裴廓德号遇见单身汉号

　　亚哈的标枪焊好后，又过了几周。在此期间，顺风而来的所见所闻可真让人愉快。

　　那是一艘来自南塔基特岛的船，取名"单身汉号"。此船刚刚把最后一桶油塞进满满的船舱，闩上了快要胀破的舱门。这会儿，单身汉号船披上了节日的盛装，在船与船之间相距甚远的巡游场上快乐地绕行，然后就准备调转船头航行回家。

　　在单身汉号船的主桅顶上，三名船员的帽子上饰有长长的、但却不宽的红布条；在船尾，吊起了捕鲸小船；在船首斜桁上，能看到他们杀的最后一条鲸鱼的长下颌。索具上到处飘扬着五颜六色的信号旗、船旗、彩旗。在三个篮子形的桅楼上，每个桅楼侧面捆着两桶鲸脑油；在桅楼上，即在中桅顶横杆处，能见到装有同样贵重液体的细长容器；钉在船的主桅顶的，是一盏黄铜灯。

　　当这艘快乐幸运之船快速靠近情绪感伤的裴廓德号船时，从它的船楼上传来大鼓粗犷的响声。船越来越近，只见一群人正围站在硕大的鲸油提炼锅边，锅上面覆盖着像羊皮纸那样的黑鱼肚皮。水手们紧握着手，每击打一下大鼓，那群人就发出响亮的吼声。在后甲板上，船副和标枪手们正在和皮肤是橄榄色的姑娘跳舞，她们是从波利尼西亚群岛随船上的人私奔而来的。有一艘经过装饰的小船，高悬在前桅和主桅之间。小船被拴得牢牢的，船里有三位长岛黑人，他们手持闪亮的、用鲸牙做的琴弓，正在主持这场热闹的舞会。

主持整个场面的是一船之主。他笔直地站在单身汉号船后甲板高处，整个欢乐的活动都呈现在他的眼前，似乎仅仅是为他个人解闷而设计的。

而亚哈呢，他也站在后甲板上，头发蓬乱，衣服脏兮兮的，脸色固执忧郁。

"上船来，上船来！"单身汉号船长高举着酒杯和酒瓶，高兴地喊道。

"你见过白鲸了吗？"亚哈回答说，他的牙咬得紧紧地。

"没有，只听说过。根本不相信有这事。"那人心情愉快地回答，"上船来吧！"

"你们也真开心呀。继续航行吧。"

与单身汉号船相遇后的第二天，裴廓德号船就发现了鲸鱼，斩杀了四条，其中一条是在远处逆风斩杀的。天黑前，其余三条拖到了大船边；而在逆风方向的那条鲸鱼，只有等到第二天早晨才能够弄回去。整晚上，射杀那条鲸鱼的小船停泊在它的旁边，那艘船就是亚哈的备用船。

信号旗杆笔直地插在死鲸的喷水孔里，灯笼悬挂在杆顶上，投射出混乱的、摇曳刺眼的光线，照着黑色光滑的鲸鱼脊背；光线也远洒在午夜的海浪上，只见海浪温柔地拍打鲸鱼那宽阔的两侧，像是轻轻地冲刷海滩似的。

亚哈从睡眠中惊醒过来，他面对面地看着帕斯。在黑暗的夜晚笼罩下，他们像是洪荒世界里的仅存的人类。

"我又梦见它了。"

"梦见灵车了吗？老伙计，我不是说过了吗，灵车或棺材都与你无关系？"

"那么，谁死在海上，躺在灵车里呢？"

"唉，我说过，老伙计，如果你死在此次航行中，那么海上一定有两辆灵车，清晰地出现在你的眼前；第一辆不是凡人所做的，另一辆用的木材一定来自美洲。"

"有说到你自己的吗？"

"喔，最后说到了。我将走在你们前面，是你们的引航员。"

"如果你这样走的话，那么在我跟着走之前，你一定还会出现在我面前吗？依然为我领航吗？噢，好吧，我在这里有两个许诺：我要杀了莫比·迪克；不杀它，我不会死的。"

"老伙计，再立一个誓吧，"帕斯说，他的眼睛亮得像昏暗中的萤火虫，"只有绞索才能够杀得了你。"

"绞刑架，是这个意思吗？那么，我在陆地和在海上将永垂不朽。"亚哈大声说道，一边哈哈地嘲笑起来，"在陆地和在海上永垂不朽！"

他们两人又沉默了，静得如一个人似的。黎明来临了，天变成了灰白色，睡在船底的水手们起来了。中午前，那条死鲸被弄到了大船边。

第二十五章　烛光

　　无论从哪点看，亚哈所有的希望，甚至他所有的坚定信仰皆是永垂不朽。随着赤道线的季节慢慢来临，厄运之感和深藏的不祥之兆在裴廓德号船上越发变得强烈了。大船朝太平洋更深处航行，船员们还在梦里安慰着自己，想着钉在桅杆上、等着他们赢取的那块金币。然而，亚哈的烦恼变得越来越明显了。一天，他砸坏了象限仪，这是靠观察太阳和星星来定位的仪器。他一边砸，一边吼道："科学！鬼才信！你这没用的东西！"他的吼叫令人吃惊。他声称，今后他只会依靠计程仪绳索，测量航行走过的距离；只会使用罗盘，为大船指明方向。可没过多久，罗盘也让他很失望。在此之前，就是亚哈砸坏象限仪的那天，裴廓德号船就被一阵可怕的旋风包围了，引起了"圣艾尔摩之火"——一种被斯塔巴克称之的"放电光球"。在当时，如果在强烈的电子干扰下，海上出现这种现象，水手们就会以为是最不祥之兆。在裴廓德号船航行的区域，就遇到了这种风暴，被称为"台风"。暴风从正面冲向裴廓德号船，剥去了船帆，只留下光秃的桅杆与风暴搏斗。

　　夜幕降临，天空与大海响起了雷声的咆哮和撕裂，闪电如同点燃了熊熊烈焰，照见了残缺的桅杆和上面东倒西歪飘动的破布，这是愤怒的暴风初次肆虐后留下的迹象。

斯塔巴克站在后甲板上，手抓住船的横桅索；每一道闪电出现时，他会抬头扫视，看看还有什么新的灾难降临在大船这边。与此同时，斯图布和弗拉斯科正在指挥船员把小船吊得更高些，拴得更牢固点。然而，他们所有努力都化成了泡影。亚哈的小船在迎风的地方，当时被吊到吊车的最高处，可也难逃此劫，因为高高掀起的滚动巨浪，猛烈撞击着摇摆的船沿高处，撞穿了小船船尾的底部，使得小船像筛子那样浑身湿淋淋的。

"往上看！"斯塔巴克大声喊道，"圣艾尔摩之火！圣艾尔摩之火！"

所有的横杆端都有一团淡淡的火焰，每根三叉避雷针尖也点燃了三股尖细的白色火焰；在弥漫硫黄气味的空气里，三根高耸的桅杆在静静地燃烧，如同圣坛前的三根巨大的蜡烛。

白色火焰在高处燃烧，船员们瞠目结舌，都说不出话了。他们挤在一起，站在前甲板上，所有的眼睛在苍白的磷光下闪烁着，如同聚集在遥远的群星。在鬼火的衬托下，黝黑的巨人达格赫然耸现，个头比以前大了三倍，像是发射巨雷的那团乌云。塔希蒂格张着嘴，露出了像鲨鱼那样的白牙；牙齿在奇怪地闪光，好像也被圣艾尔摩之火点燃了。神奇的光也照亮了奎奎格的文身，像是魔鬼的蓝色火焰在他的身上燃烧。

在主桅底座上，帕斯正跪在亚哈的前面，头却向后仰着。

"好啊，好啊，伙计们！"亚哈高声说道，"抬头看看吧，记清楚，那白色的火焰就是照明了捕捉白鲸的道路！把那些主桅链递给我，我愿意感受火焰跳动的脉搏，让我的脉搏和它连在一块，一起跳动，血与火在一起！好吗？"

这时，亚哈转过身，左手紧紧地抓住最后一根主桅链。他笔直地站在高耸的三叉火焰桅杆前，脚踩在帕斯的身上，眼睛朝上盯着，右臂高高地扬起。

"小船！小船！"斯塔巴克大声喊道，"瞧你的船，老人家！"

只见亚哈的标枪，就是在帕斯火炉里锻造的那支，尽管牢牢地绑在枪驾之处，但却伸到了捕鲸小船的船头之外。撞穿小船底部的海浪使宽松的标枪皮套脱落了，那锐利的钢钩这会儿正平稳地燃烧着苍白分叉的火焰。无声的标枪钩在那里燃烧，就像毒蛇的舌头似的。斯塔巴克抓住亚哈的手臂，说："上帝，上帝也同你作对了，老人家。忍一忍吧！这是一次不祥的航行！不祥之兆开始，不祥之兆在持续。我们也许还来得及，让我调整帆桁，让船顺风回家吧，走一条吉利的航道吧。"

斯塔巴克这番话被万分恐慌的船员们偷听到了，他们立刻跑到托架跟前，尽管托架高处还没有升起一张船帆。一时间，惊骇中的船副所想的好像也就是他们的想法，他们爆发出了几乎是叛逆的吼声。然而，亚哈抓住了燃烧的标枪，像火炬那样在他们中间挥动。他发誓说，哪个水手敢第一个解开绳索头，他就用标枪刺穿他。所有的人被他的举动吓呆了。况且，他手里拿着的是燃烧的标枪，这让他们更为胆怯。他们感到沮丧，退却了。亚哈又说道：

"你们和我都发过誓，要去捕获白鲸。老亚哈把心、灵魂、身体、肺、生命通通押上了。你们可知道这颗心是照什么曲谱来跳动的吗？瞧瞧吧。我就此吹灭最后的恐惧！"随即，他一口气熄灭了火焰。

　　许多水手听到了亚哈说的最后几句话后，感到恐惧与失望，急忙从他的身边走开了。

第二十六章　毛瑟枪

　　斯塔巴克对亚哈恳求地说，等"圣艾尔摩之火"熄灭后，他们应该把帆桁和特别重的装置从高高的桅杆上弄下来，以避免船在强风中处于十分危险的境地。亚哈无视他的恳求，他嘲笑斯塔巴克，还侮辱他。"只有胆小鬼，"他高声叫道，"才会在暴风中弄下这些东西！"斯塔巴克和其他有同样想法的人都明白了，亚哈已经做好了藐视上帝的准备，要与自己的命运抗争，哪里把天气放在了眼里。午夜后，又过了几小时，天气转好了，但虔诚的船副心情确实沉重，他系上新的船帆，并把这些船帆放下，让裴廓德号船又开始平滑地航行了。

　　船舵手为了抹去绝望的心情，他让船回到了既定的航道上；不过，根据罗盘显示，猛烈的暴风使得风向完全改变了。这会儿，逆风变成了顺风；帆桁调整了，转入新吹来的微风里；船员们高兴地唱起了歌，斯塔巴克一如既往地走下船舱汇报变化的过程。风合适了，可又一次将他们带向毁灭。

　　船长在小屋里睡觉。他的头和子弹之间，仅仅隔着一扇又薄又轻的嵌板木门。一个邪恶的念头出现了，诚实正直的斯塔巴克拿起了旁边架上的装有子弹的毛瑟枪。他认出，亚哈在不久前就用这把枪对准了他；他与自己的基督良心在痛苦中厮斗，他可以杀了这个老人，或者任凭这个老人把全船人和他自己拖入死亡的深渊，使他成为谋杀三十多人的凶手。他知道自己不是亚哈的对手，而亚哈很快要醒了。斯塔巴克感到极度痛苦。

"还有其他的办法吗？没有合法的方式吗？把他囚禁起来，带回家去，行吗？什么！想从这个老人现有的双手夺走他现有的权力吗？只有傻子才试图这么干呢。瞧吧，即使他被捆住了，全身绑着粗细绳索，用链条锁在小屋地板的带环螺栓上，他也比关在笼里的老虎还要可怕，那场景可让人受不了呀。那么，还有什么办法呢？陆地在千里之外，最近的地方是不与他国往来的日本。我独自站在这里，站在茫茫大海上，我与法律之间相隔两个大洋和一整座大陆呀。好吧，好吧，如此这般。如果闪电击中了躺在床上的、即将成为凶手的人，并点燃了床被和皮肤，那上天算是杀人犯吗？我也会是杀人犯，如果……"斯塔巴克半侧身地望着，他慢慢地、悄悄地端着装有子弹的毛瑟枪，枪头顶在了门上。

"亚哈的吊床在摇摆，但正好是枪口对准的范围，他的头也朝着这一边。只要一扣动扳机，斯塔巴克就可能活下来，又可以去拥抱妻儿了。喔，玛丽！玛丽呀！孩子！孩子！孩子呀！可如果我让你醒来，没有弄死你，老人家，谁知道下星期的今日，斯塔巴克的躯体以及全体船员会沉到多么深不可测的深水里呀！伟大的主啊，你在哪里？怎么办呢？我可以干什么呀？"

这时，端起的毛瑟枪在抖动，就像醉汉的手臂顶在嵌板门上。斯塔巴克好像在与天使斗劲，但最后却转过身，离开了这个地方，那要命的枪筒也放回到了架上。

　　"他睡得太死了，斯图布先生，你下去，叫醒他，告诉他吧。我得处理甲板这里的事情。你知道该说些什么。"

第二十七章　救生桶

　　就在那天早晨，热烘烘的太阳冉冉升起。这时候，又出现了一个信号或新的迹象。再一次，亚哈利用了迷信的船员们，将此事转为自己的优势。除他之外，船上的人没有一个察觉到，在台风中是罗盘产生了变化，而不是风向变了。原来风暴带电，释放而出，让罗盘的指针极性倒转，北显示为南，东显示为西，如此类推。裴廓德号船完全不是朝着莫比·迪克必然出现的地方驶去。实际上，令人愉快的顺风把船吹得距离白鲸越来越远了。亚哈船长很生气，他命令再次调转航向。许多船员害怕与白鲸不幸相遇，但这会儿，与其说害怕糟糕的命运降临，还不如说更怕亚哈船长。此外，亚哈多年在海上航行，见过这类事情，他可以把新的指针磁化并安入罗盘里。这样做很容易，但他故意上演了一场"魔法"表演，以维系对船员们的权势。他叫船副拿来一些简单的东西，他要给这些东西施"法"。

　　"斯塔巴克先生，拿一支没有杆的标枪头、一把大锤、一根最小的缝帆针。快！"

　　亚哈用大锤击打了一下，标枪上的钢头就被敲落了。接着，他把缝帆针钝的一头竖立在枪头顶上，并轻轻地敲了几下；船副撑着枪杆，亚哈接着拿着大锤又做了几个又小又奇怪的动作。这些动作对钢针磁化必不可少的吗？或者仅仅是有意增强船员的敬畏感？这谁也说不准。亚哈又要来麻线，走到罗盘箱跟前，轻轻地拿出里面转错方向的罗盘指针，然后在一块刻度盘上平行悬吊着缝帆针，麻线系在针的中央。最初，钢针不停旋转，针的两头在颤抖和摆动；后来，钢针停在了它该停的位置。这时，一直在等待这个结果的亚哈泰然地从罗盘箱后退几步，他伸出胳膊指着它，大声叫道："你们亲自瞧瞧，看看我亚哈是不是水平的天然磁石的主宰！太阳在东方，罗盘为证。"

船员一个个地走上前仔细观看，然后又一个个地溜走了。只有亲眼看一看，才能够使他们相信这么愚昧的事情。

当时，亚哈炽烈的眼里流露出轻蔑和欢欣，他完全沉浸在致命的骄傲之中。

根据亚哈校准的罗盘钢针，裴廓德号船现在朝东南方向行驶了，其航速也完全由亚哈的水平测程仪和测量绳掌握，按照通往赤道方向的航道驶去。然而，船员们的不祥预感，注定要与他们中间某人的遭遇联系起来，从而得到一种可能最真实的印证。就是这个人登上了船头的桅杆顶，可他没待多久，就传来叫喊声，一种叫喊和冲击搅在一起的声音。人们抬头望去，只见一个幽灵从空中落下；再低头一看，蓝色的海上浮起了一小堆白色的泡沫。

救生圈是一只细长的木桶，一直规矩地挂在灵巧的弹簧上。它从船尾被扔了下去，可却不见人伸出手抓它。由于长期受到太阳的暴晒，这个救生桶已经干枯了，它在慢慢地吸水，枯干的木头上的每个小孔也被水灌满了。于是，这只饰有铁圈的木桶跟着那个水手去了海底，好像是给他送去枕头似的，虽然枕着不舒服，硬邦邦的。

就这样，在白鲸自己专有的地方，那人登上桅杆顶去搜寻白鲸，也就是他成了裴廓德号船上被吞没于海底的第一人。

失去的救生桶现在得找到替代品，但就是没能够找到非常轻的木桶。就在他们打算不在船尾配上救生器材之时，奎奎格却以某种奇怪的手势和动作，提醒要注意他的棺材。

"棺材救生桶！"斯塔巴克惊讶地喊道。

"我得说，那太奇怪了。"斯图布说。

"可以成为很好的救生器材，"弗拉斯科说，"这里的木匠会弄好的，很容易。"

"把它弄上来。反正也没有其他东西可替代的。"斯塔巴克感到悲哀。过了一会儿，他又说："木匠，把它改变一下吧。别这样看着我，我说的是棺材。没有听见我的话吗？把它改变一下吧。"

"先生，要把棺材盖钉在棺材上吗？"木匠的手在比画，像是拿着一把铁锤。

"可以。"

"先生，要填塞棺材缝吗？"木匠的手在比画，像是拿着一把堵缝的家伙。

"可以。"

"先生，最后需要在这上面涂一层沥青吗？"木匠的手在比画，像是拿着一个沥青锅。

"走开！你拿这个干什么？就做一个棺材救生桶，完了。"

"嘿，那我就现在干吧，认真做。我要单独做三十根土耳其头巾样式的救生绳，每根三英尺长，缠绕在棺材四周。这样，万一船下沉了，就有三十个大活人来抢这口棺材。这种场景在光天化日之下可不常见呀！干吧。"

第二十八章 裴廓德号船遇到雷切尔号船

第二天，一艘叫雷切尔号的船出现了，那船的桅桁上上下下挤满了人。雷切尔号船船长把喇叭凑到了嘴边，可他还没来得及在船上站起身，也未及时先招呼一声，就传来了亚哈的声音。

"看见了白鲸吗？"

"是的，就在昨天。你们看见一艘漂浮的捕鲸小船吗？"

亚哈一边压抑着喜悦之情，一边用否定回答了这个突如其来的问题。当时，要不是看见那陌生船长停住了自己的船，又从船舷下来了，亚哈可真想登上那艘陌生船。陌生船长的小船用力划了几下，船钩很快就牢牢地抓住了裴廓德号船的主链条。陌生船长纵身一跳，上了甲板。亚哈很快就认出他了，原来他是亚哈认识的南塔基特岛人。这样，彼此间省去了礼节性的问候。

"它在什么地方？杀了吧？没有被杀了吧？"亚哈一边说，一边走近，"它怎么样了？"

事情好像发生在前天下午稍晚些时候。当时，陌生船的三艘捕鲸小船正在忙于对付一群鲸鱼。这些鲸鱼引开了他们，大约距离大船四五英里远。就在三艘船迎着风，快速追赶的时候，水面上突然隐约露出了莫比·迪克的白色脊背，就在不远的下风方向。于是，第四艘装有风帆的小船，也是备用船，立刻被放下去追逐。这艘船顺风急驰，好像已经成功地系牢了莫比·迪克。反正，在桅杆顶上的那人是这么说的。他远远地看见那小船逐渐变得像个圆点，接着飞速冒出闪亮的白色水泡，之后啥也不见了。由此，人们判断那受到侵袭的鲸鱼和追鲸人一道逃之夭夭了，不知去了什么地方。虽然有些不安，但确实一直没有引起惊慌，这类事情过去也经常发生。在大船的索具上安放了召回小船的信号装置。夜幕降临，大船不得不驶向远处，去接回在迎风方向的那三艘小船。如此一来，在午夜前，大船就顾不上那艘小船，只好让它听天由命；而且在一段时间内，大船还要拉开与它的距离。等那三艘小船的水手都安全地登上了大船后，这艘大船才拉起所有的船帆去寻找失踪船。然而，尽管大船由此航行了很远、很远，到达了最后见着小船可能失踪之处；尽管大船之后又停住并放下了所有闲置的小船，让这些船在其四周划动寻找，但都一无所获。大船又快速前行，再停下来，又放下小船。就这样，大船不停地找呀，找呀，直至黎明天亮，可依然没有见着失踪小船的影儿。

陌生船长讲完后，便立刻又说出他上裴廓德号船的目的。他希望裴廓德号船与他的船联合搜寻小船，两船齐头并进，之间相距四五英里，这就等于把搜寻范围扩大了两倍。

"我的孩子，我的孩子也在那船上。看在上帝的分儿上，我求求你，我恳求你。让我租用你的船，用上四十八小时。我愿意付费，肯定付费，没别的办法了。四十八小时就够了，你一定要答应呀，喔，你一定要答应呀，你应该这么做呀。"

"他的儿子！"斯图布大声说，"喔，是他的儿子失踪了！说什么呢，亚哈？我们应当救救那孩子。"

他们才知道那孩子只有十二岁。但亚哈静静地站着，像一块铁砧似的，任凭怎么击打，就是木然不动。

"我不会走的，"陌生船长说，"除非你答应我。对，对，你发发慈悲吧。我了解你的意思。快，快，伙计们，马上准备调整帆桁。"

"停住，"亚哈大声吼道，"别碰绳索。"然后，他拉长了声音，逐字逐句地说道，"加迪纳船长，我不同意。现在已经耽误了我的时间。再见了，再见了。愿上帝保佑你，伙计。对不起了，我得走了。"

不久，两艘船分道扬镳了。在很长时间里，那陌生船一直都在视野范围内，只见它偏离航线，四处转来转去。海面上，哪怕出现一个小小的黑点，那艘船都要驶过去，其航道、帆桁忽左忽右，船的右舷、左舷忽东忽西；船时而迎着巨浪行驶，时而被巨浪推动前行。与此同时，在那艘船的桅杆上，在帆桁那里，到处都挤满了人，如同一群小孩爬在三棵高高的樱桃树上，在树干上采摘樱桃似的。

然而，那船依然停停走走，曲折而行，行迹悲哀可叹。人们清楚地看到那艘船被飞溅的海水如此拍打，一直未得到半点慰藉。它就是雷切尔号船，它在哭它的孩子们，因为他们消失了。

第二十九章　裴廓德号船遇到快乐号船

　　紧张的裴廓德号船继续前行；波涛绵延起伏，时光一天天在流逝；救生用的棺材依然在轻轻地摇摆。这时候，出现了另一艘船，该船被误称为"快乐号"，真是不幸之极。当船驶近时，所有的人都盯着被称为"剪切机"的宽大的横木。在有些捕鲸船上，这种宽大的横木高八九英尺，横跨在后甲板上，用来搬运备用的、未装船帆的或报废的捕鲸小船。

　　瞧，在陌生船的"剪切机"上，是破碎的白色船肋拱和一些裂成碎片的船板。这些曾经用作捕鲸小船的肋拱和船板，可现在却成了失事小船的残骸，都呈现在眼前，如同看见了一具马的骨架似的，被剥了皮的、几乎散架了、漂得白白的。

　　"看到白鲸了吗！"

　　"瞧瞧吧！"脸颊凹陷的船长回答道。他在船尾栏杆边，用喇叭指着失事小船的残骸。

　　"杀了它吗？"

　　"杀它的标枪还没有锻造出来呢。"对方回答道，一边悲伤地瞥了一眼在甲板上裹成圆形状的吊床，几个不出声的水手正聚在吊床边，忙着把吊床缝合起来。

"还没有锻造出来！"亚哈从架子上抓起帕斯打造的锥形铁器，将它亮了出来，一边大声说道，"你看看，南塔基特人。它会死在我这只手里！这些倒钩经过了血的淬火，闪电的锻造。我发誓，要在白鲸鳍背后火热之处，就是在它的最致命的地方，再回火三次！"

"那么，就让上帝保佑你吧，老人家。你看看那个。"那人手指着吊床，"有五个壮实的水手，他们昨天都还活着的，可在天黑前就都死了。只有一人由我来埋葬，其余的人在他们死前就被葬送了。只有一人由我来埋葬！你们正在他们的坟上航行呀。"接着，他转身对他的水手说："你们准备好了吗？好吧，把木板放在护栏上，抬起尸体。好了，喔！上帝啊！"那人举起双手，朝吊床走去，"愿生命复活吧……"

"准备起航！迎风转舵！"亚哈快速地对他的船员们喊道。

裴廓德号船立刻启动了，但速度不够快，没有及时避开尸体刚刚落在水上溅起的水声。确实，还不够快，可能一些飞起的水泡与怪异可怕的洗礼洒在了裴廓德号的船壳上。

这会儿，亚哈悄悄地离开了沮丧的快乐号船；悬挂在船尾的、用于救生的古怪东西成了显目的浮雕。

"哈哈！那边，你瞧，伙计们！"船后面传来一种不祥的喊声，"都是徒然呀，啊，你们这些陌生人，这么快就离开了我们的葬礼，可转过身，却让我们看见了在船尾栏杆上的棺材！"

第三十章　交响曲

　　这一天，天气晴朗，呈铁青色。四处蔚蓝浸染，难以分辨哪是天，哪是海。亚哈离开舷窗，慢慢地走过甲板。接着，他侧身靠在船舷，看着自己在水里的影子是怎样下沉的，沉到他看不见的位置，他越看越想洞悉那深不可测的地方。最终，在迷人的空气里，那美妙的芳香好像暂时驱散了亚哈灵魂里的霉斑。在低垂的帽子下，他掉下一滴眼泪，落到了海里，整个太平洋还未获得像那滴眼泪那么贵重的财富。

　　斯塔巴克看见了他，看见了那位老人倚在船舷，如此沉重地俯下身；他似乎在聆听自己真心的、无止的啜泣，从寂静周围的中央静悄悄地流出。小心，不要接触他，或者别引起他的注意。尽管如此，斯塔巴克还是靠近了他，站在了那里。

　　亚哈转过了身。

　　"斯塔巴克！"

　　"先生。"

　　"喔，斯塔巴克！风在轻轻地吹，轻轻地吹，天空看起来很温柔。在这样的一天，也像如此甜蜜的一天，我打中了我的第一条鲸鱼，一个十八岁的标枪男孩！四十年前呀！四十年前呀！四十年来持续捕鲸！四十年来贫困、危险、狂风骤雨！哦，对了，斯塔巴克，四十年来，我在岸上逗留不超过三年。我一想到我过的这种生活，那就是一生的孤独与凄凉。哎，疲惫呀！沉重呀！远隔重重海洋，离开了我五十岁后才娶的年轻的妻子，就在第二天出海去了合恩角，只在新婚的枕头上留下一道凹陷的痕迹。妻子。妻子？倒不如说是活寡妇！是呀，我让我娶的可怜的女孩成了寡妇，斯塔巴克。是啊，是啊！老亚哈，你真是做了四十年的傻瓜，傻瓜，老傻瓜！喔，斯塔巴克！我扛着这副重担，累呀，可怜的一条腿也被搞掉了，这容易吗？过来，把这缕老发撩到一边，它遮挡了我的视线，弄得我像哭了似的。绺绺灰白的头发从未长出来过，是从一些灰烬里冒出的！斯塔巴克，我看起来很老吗？是不是非常非常老了？我感到虚弱得要命，腰弯了，背也驼了，好像我就是从伊甸园出来的亚当，摇摇摆摆地走过了数不清的岁月。斯塔巴克，站近一点儿，离我近点儿！让我好好看看人的眼睛。这可胜过凝视大海或天空，也强于对上帝的凝望。老兄，这是神奇的镜子。在你的眼睛里，我看到我的妻儿。不，不，留在船上，留在船上！我放下小船时，你别管了；打了烙印的亚哈追逐白鲸时，你别去。冒这个险的不该是你。不，不！可别带着你眼睛里那遥远的家去冒险呀！"

"哦，我的船长！我的船长！高尚的精神！你年老的心如此宽宏！为什么有人非得去追逐那可憎的鲸鱼呢？跟我走吧！让我们飞过这些致命的水域！让我们回家吧！你有妻儿，斯塔巴克也有妻儿。先生，走吧！让我们离开这里！让我即刻改变航程吧！喔，我的船长，如果我们平稳快速一路航行，再次见到南塔基特岛，那该多快活，多热闹呀！先生，我想，南塔基特岛也有甚至像这样的湛蓝晴好的天气。"

"有的，有的。我在一些夏日的早晨看见过。大约就在这个时间，对，中午午睡的时候，孩子醒了，精神焕发，坐在床上。他的母亲给他讲关于我的事情，关于食人族老头我的故事；给他讲我是如何远走异国他乡，但还会再回来与他一道蹦蹦跳跳。"

"那是我的玛丽，是玛丽她自己！她答应了我，每天早上要带上我的孩子到山上去，让他第一眼就看到父亲的船帆！是的，是的！不再说了！就这么定吧！我们往南塔基特岛走吧！来吧，我的船长，研究一下航线吧，让我们离开吧！瞧，瞧！孩子的脸探出了窗外！孩子的手在山上挥动！"

然而，亚哈移开了他的目光，好像他在摇动一棵枯萎的果树，把最后残余的苹果抖落在地。

"这是什么？什么难以名状、神秘莫测、可怕的东西？是什么样的主人，巧舌如簧，藏匿幕后？是什么样的君主，残忍冷酷？他们指使我违背所有的自然的爱抚和渴望，让我自己如此不停地推呀、挤呀，钻呀，始终如一。伙计，在这个世界上，我们被上天弄得转来转去，就像那边的绞盘，命运掌握者就是那根绞盘棒。不过，风在轻轻地吹，轻轻地吹，天空看起来很温柔。这会儿，空气的气味仿佛是从遥远的草地上吹过来的；他们在安第斯山脉斜坡下什么地方割晒干草，斯塔巴克，割草人睡在新割的干草堆上。他们在睡觉了吗？啊，无论我们多么辛苦，终于还是睡在田野里。在睡觉吗？对，还在绿丛中生锈烂掉，像去年扔下的镰刀，留在割了一半的草丛里，斯塔巴克！"

船副悄悄地离去了，他失望了，脸色变得苍白，像死尸似的。亚哈穿过甲板，去船的另一边观望；但在那里，在水中反射出两只呆板的眼睛，这让亚哈吃了一惊。原来费达拉木然不动地靠在同一边的船舷上。

第三十一章　追击，第一天

那天夜晚，在午夜值班之时，亚哈从舷窗过来，朝他的中心孔走去。突然，他的脸猛地往前一伸，呼呼地吸了吸海上的空气。船上的狗挺机灵的，每当船靠近一些荒岛时，也是这么做的。亚哈声称，这附近肯定有鲸鱼。很快，值班人员显然也闻到了那种特有的气味。有时候，即使活的巨头鲸在很远的地方，散发的气味也能够被闻到。亚哈迅速吩咐微调船的航线并收缩船帆，他的命令没有让任何水手感到惊讶。

事实充分证明了，下达的这些行动的紧急命令是正确的。黎明时分，在海上，前面出现了一条既长又光滑、笔直纵向、滑得如油的东西，像是在某些急速潮流冲击下而呈现出金属光泽般的印迹。

"上桅顶！集结所有人员！"

所有的船帆升起了。这会儿，亚哈松开了救生索，这是把他吊到主桅顶上而专门准备的。片刻后，人们把他吊到了桅顶上。在那里，他凝视前方，嘴里突然大喊起来，如同海鸥的叫声在空中回荡："它在那里喷水！它在那里喷水！像雪山那样的背脊！是莫比·迪克！"

亚哈在喊叫，另外三个瞭望者好像也同时齐声喊起来。那声音让甲板上的人为之一振，他们快步冲到索具前，要看一看那追击已久的、名声在外的鲸鱼。这会儿，亚哈到了最高的位置，比其他瞭望台高出几英尺，塔希蒂格就在他下面，站在上桅杆的盖上，这使他的头与亚哈的脚后跟几乎处在同一水平线上。这会儿，从这个高度看去，鲸鱼就在前面几英里左右的地方；海浪每次起伏，都让它那高耸闪亮的脊背袒露出来，无声的水柱同时不断地喷向空中。很久以前，在月光照耀下，水手们似乎在大西洋和印度洋见过相同的无声水柱。对此，他们深信不疑。

"你们有人以前见过吗？"亚哈大声说道，他跟周围在高处的人打招呼。

"我几乎同时也看到了它，先生，亚哈船长发现的，我喊了起来。"塔希蒂格说。

"不在同一时刻，不在同一时刻，好了，那金币是我的啦，命运把金币留给我了。只有我，你们谁也没有首先高声喊出白鲸的名字。它在那里喷水！它在那里喷水！它在那里喷水！又喷了！又喷了！"亚哈在喊叫，他的声调拖得长长的，慢悠悠的，井然有序地与鲸鱼缓缓喷出的、拖得老长的、有形水柱协调合拍，"它要下潜了！准备好三艘小船。斯塔巴克先生，请记住，留在船上，看好船。斯塔巴克先生，把我放下去。放下去，放下去，快，再快点儿！"亚哈从空中滑到了甲板上。

很快，除了斯塔巴克的船，所有的小船放下去了，所有的船帆升起了，亚哈带领出发了。费达拉凹陷的眼睛露出一种苍白的、死尸般的光亮，嘴不停啮噬的动作令人感到可怕。

小船的船头很轻便，像是无声的鹦鹉螺外壳，飞驰在大海上；直到接近对手时，小船才放慢了速度。水手们朝白鲸靠近，海洋此刻变得更加平静，似乎是铺开了一张地毯，盖在了海浪上；又像是午时草地，格外宁静地向四周伸展。终于，气喘吁吁的猎手到达了，距离看似毫无戒心的猎物如此之近，它的整个脊背亮得刺眼，清晰可见，像是一座在大海里滑动的山梁，并不断地泛起旋转、精致、轻柔的绿色泡沫漩涡。在更远处，是略微露出的鲸鱼头，亚哈看到上面的皱纹又多又复杂。白鲸的额头宽阔，呈乳白色，它那白色影子闪闪发亮，照在皱纹前方，倒映在远处、像土耳其地毯似的温柔水面；涟漪泛起，悦耳动听，玩耍般地与这倒影为伴。在后面，蓝色的海水交替流动，让平稳的尾波变成移动的山谷；明亮的泡沫在两边泛起，在鲸鱼身边跳跃。

就这样，莫比·迪克不停地前行，穿过热带海洋的安详与宁静。然而，遮掩在水下非常恐怖的躯干依然藏而不露，那可怕的、令人感到憎恶的嘴颌完全隐藏不见。可不过多久，白鲸最前的部位慢慢浮出了水面；转眼间，它整个大理石花纹躯体高高地拱了起来，并在空中警告似地摇摆着像旗帜那样的裂尾。牛气的大神现身了，接着又下潜了，从视野中消失了，只留下一片躁动的海水和水面上徘徊着不愿离去的白色海鸥。

这会儿，三艘小船静静地漂浮在水上，等候着莫比·迪克再次出现；船上的大桨竖起了，小桨放下了，船帆任其自由飘动。

"一个小时。"亚哈说，他一动不动地站在船尾，目光越过鲸鱼下潜处，看着淡蓝色的远方和在下风方向那既宽阔又妩媚的汪洋。这会儿，风变得强劲了，海水也开始翻腾上涌。

"看那些鸟！那些鸟！"塔希蒂格喊道。

这会儿，那些白色的鸟像苍鹭在飞翔，它们排列成对，朝亚哈的船一起飞过来了。就在它们距离船几码远时，鸟儿们便在水面上拍动着翅膀，一圈又一圈地绕来绕去，同时发出欢乐期待的鸣叫声。鸟儿的视觉比人的眼睛敏锐，亚哈看不出海里有任何迹象。

　　然而，突然间，就在他低头朝水深处凝望时，果真发现有个白色的活动斑点正以极快的速度向上浮起，而且那斑点一边升起，一边增长变大。最终，那斑点转过了身，立刻清晰地显现出两排又长又弯、闪着光亮的白牙，从看不见的海底浮了起来。这是莫比·迪克张开的嘴和它的卷形的下颌，它那硕大躯体大部分还被蓝色的海水遮蔽着，混合在一起。闪亮的嘴颌在小船下面张开了，像是大理石陵墓敞开的大门。亚哈用舵桨向侧面迅速划去，让小船飞快地转到一边，避开了这个巨大的幽灵。这时，亚哈大声喊叫费达拉，要与他对调位置。他到了船头，抓住帕斯的标枪，吩咐船员们抓住船桨，准备向后划去。

　　这会儿，小船以自己为轴心及时旋转，正好按照期待的那样，船头正对了还在水下的鲸鱼头。不过，莫比·迪克自身邪恶狡猾，它好像发现了这个计谋，便侧身一转，立刻将皱纹叠加的脑袋直冲冲地朝小船的下方奔去。

　　于是，片刻间，船的每块船板、每根肋材，频频地震颤起来了。鲸鱼仰面斜躺，做出了吞噬鲨鱼的姿势，它要缓慢地、品尝似的把整个船头塞进它的嘴里。只见那又长又窄的卷形下颌朝着空中高高撅起，其中一颗牙齿还卡在一座桨架上。下颌内呈现出带蓝色的珍珠白，比亚哈的头还要高，相距亚哈不到六英寸远。此时此刻，莫比·迪克以这种姿势晃动着脆弱的、用杉木做的小船，如同既温柔又残忍的小猫在玩弄到手的老鼠。费达拉双臂交叉，眼睛盯着，毫无惊愕之感；但棕黄皮肤的水手们却混乱了，争着要占据船尾最末端。

此刻，具有弹性的舷缘不停地收缩伸张，白鲸同时又在恶毒地玩弄注定要遭难的小船。然而，就是这位偏执狂人亚哈，徒手抓住那长长的下颌，发狂似的要把它从鲸鱼口中扭断。可下颌从他的手里滑脱了，莫比·迪克的上下颌像巨大的剪刀，彻底地把小船咬成了两半。脆弱的舷缘弯曲了，噼啪地折断了，而水里的莫比·迪克在漂浮的两半残骸之间又迅速地闭上了嘴颌。

　　这会儿，莫比·迪克摇摇摆摆地离开了它的猎物，躺在不远处，将它那长方形的白色脑袋插入了水里，任其在波浪里上下起伏；同时，纺锤形的躯体也在慢悠悠地转动。

　　但不过一会儿，莫比·迪克恢复了卧式的状态，围着遇难水手们快速地游来游去，同时搅动着鱼尾后面复仇的水流，好像在怂恿自己发起另一次更为致命的攻击。亚哈无能为力了，只见他的头就像是一个摇摆的气泡，如果不小心稍微震动一下，很可能就会破裂。费达拉在破碎的船尾处，他漠然地看着亚哈，但眼神里不乏柔情。其他的水手紧紧地抓住漂浮物的另一边，也无法搭救他。别的船只尽管安然无恙，但只能在附近徘徊，不敢把船划到漩流中去攻击白鲸，只怕这么做了，会导致亚哈和所有漂在水上的人在瞬间丢掉性命。他们死死地盯着，大家都一直待在可怕的区域之外，而那老人的头却成了可怕区域的中心。

　　事情发生的经过都被裴廓德号船桅顶上的人看到了。他们调整帆桁，朝现场急驰而来。这会儿，当大船逼近时，从水里传来亚哈朝大船的喊叫声！"对着鲸鱼驶过去！把它赶走！"

　　裴廓德号的船头尖尖的，冲破了那魔咒般的圆圈，顺利地分开了白鲸和遭难者。莫比·迪克缓慢地游走了，其他小船便飞驰过来救援。

亚哈被拖入斯图布的船里，他的眼睛充血，什么也看不见，皱纹里黏结着白色的盐霜。长时间的紧张状态使亚哈的体力不支，只好暂时无助地顺从身体遭受的厄运。他感到了不可名状的悲叹，如同听到了从峡谷里传来的凄凉之声。

"我的标枪呢？"亚哈问，他半抬起身，用一只慢慢曲起的手臂支撑着，"还在吗？"

"喔，先生，还没有用它投掷呢，在这儿。"斯图布一边说，一边把那标枪拿给他看。

"放在我面前吧。有失踪的人吗？"

"一、二、三、四、五，有五支桨，先生，这里有五个人。"

"那就好。老兄，帮帮我，我想站起来。喔，喔，我看到它了！那里！在那里！它还在朝下风方向游去。那水柱喷得多高啊！手松开，放开我！永恒的元气在亚哈的骨子里又迅速聚积起来了！起航，划桨，掌舵！"

通常情况下，当一艘船被撞破后，如果水手被另一艘船救起来，就会帮助那艘船干活。如此一来，追逐就以所谓的双座桨继续进行，这就是现在的状况。不过，小船所增加的力量是无法与鲸鱼补充的力量相匹敌的，因为它的每根鳍好像等同于三根座桨。于是，大船自身就成了最可能追上猎物的工具。这会儿，所有的小船纷纷朝大船划去，不久就被吊在了吊柱上。至于那艘失事小船，其两截残骸之前就被大船捞了起来。接着，大船把所有东西吊到船的侧边，同时高高地升起所有船帆，侧向伸出辅助帆，像信天翁的双重相连的翅膀似的。裴廓德号船顺着下风方向驶去，紧紧跟在莫比·迪克的后面。众所周知，鲸鱼喷出的闪亮水柱有间隔期，而且井然有序，桅顶上的人就以此定时报告。当报告说莫比·迪克刚刚下潜了，亚哈就记下时间，然后手拿罗盘表，在甲板上来回走动。等到预计时间最后一秒钟刚刚过去，就传来亚哈的声音。"金币现在归谁了？你们看到它了吗？"如果回答是"没有，先生"，他就立刻吩咐他们把他吊到瞭望处。这一天就这样慢慢地消逝了。而亚哈呢，他一会儿在高处一动不动，一会儿不安地在甲板上走来走去。

很快，天色已近昏暗，但瞭望人员仍未松懈。

"现在看不到水柱啦，先生，太暗了。"从空中传来的声音。

"最后一次看到它时，在哪个方向？"

"先生，跟往常一样，是在下风方向。"

"好啦！现在是夜晚了，它会放慢游动速度的。放下主顶桅帆、主上桅帆、辅助桅帆，斯塔巴克先生。天亮之前，我们可不能跑在它的头前去了。上面的人，下来吧！斯图布先生，另派一人到前桅顶上去；天亮前，那里要有人值班。"然后，亚哈朝主桅杆上的金币走去，"伙计们，这枚金币是我的啦，我挣的，可我要把它留在这里，直到白鲸死了为止。然后，在你们中间，无论是谁第一发现了白鲸，在它被杀的那一天，这枚金币就归谁。如果那一天又是我先发现它，我将拿出比这高出十倍的钱分给你们大家！现在，我要离开了！甲板上的事情由你负责了，先生！"

这么说了之后，亚哈到了舷窗里，自己露出半截身子，帽子低垂。他站在那里，直到天亮。

第三十二章　追击，第二天

　　黎明时分，三个桅顶准时换上了新人。

　　白昼的光线进入了小小的空间后，亚哈就喊道："你们发现它了吗？"

　　"什么也没有看见，先生。"

　　"召集所有人员，加速！它比我预想的跑得还要快。升起主上桅帆！唉，不该在夜间放下这些船帆。不过，不要紧，我们休息就是为了急速行进。"

　　裴廓德号船急驰而行，在海里留下如此深的浪迹，如同一颗炮弹误投下来，变成了犁铧，翻起了平坦的田野。

　　"真受不了啦！"斯图布叫道，"甲板晃动得这么厉害，慢慢地腿都晃软了，心都揪痛了。这艘船和我都是两个勇敢的伙伴！哈哈！有人把我举了起来，脊柱对着海上，把我射了出去。我敢说，我的脊柱是根龙骨。哈哈！我们步履轻盈，身后不扬尘埃。"

　　"在那里，它在喷水！它在喷水呀！它在喷水呀！在正前面！"桅顶上传来喊叫声。

　　"哈哈！"斯图布叫道，"我知道你跑不掉的。喔，鲸鱼啊，喷吧，使劲喷水吧！疯狂的魔鬼就在你的后面！吹起你的喇叭吧，鼓起你的肺吧！亚哈将放你的血，如同磨坊主开闸放水！

斯图布畅快地说出了几乎所有船员想说的话。此时此刻，狂热的追逐已经使他们情绪高涨，就像陈年老酒后劲很大。命运之手拽住了他们所有人的灵魂。昨天的遭遇惊心动魄，夜晚的悬疑让人感到焦虑；坚定、无畏、茫然、一往无前，是裴廓德号船穷追飞逃目标的方法；所有这些因素，都让他们的心也随之朝前奔驰。

他们变成了一个人，而不是三十人了。就像载运他们所有人的这艘船那样，是由许多截然不同的东西组合而成，如：橡木、枫木、松木、铁、沥青、麻绳；在长长的中心龙骨的平衡和引导下，所有这些东西在一艘有形的船体里融为一体，飞速前行。即便所有船员的个人特征不一样，这个人英勇顽强，那个人面目狰狞，这个有罪，那个有不法行为，但所有形形色色的人物皆融为一体，都朝着那个致命目标奔去，指引者就是亚哈，他们的唯一的主人和主心骨。

这会儿，索具显得生机勃勃。桅顶就像高大的棕榈树的顶端，上面伸着簇状似的腿和胳膊。有的人一手抓着翼梁，急切地挥动着伸出的另一只手；其他人坐在摇晃的帆桁外端，手挡住耀眼的阳光；所有的帆桅杆上都有人，他们时刻准备着去做命中注定的事情。唉！他们怎么依然一如既往地穿过无垠的蓝色海洋，去寻找那可能会毁灭他们的家伙呀！

"你们发现了它，为什么不大声叫喊呢？"亚哈叫道，因为第一声喊叫过了好几分钟，就再也没有叫声了，"把我吊上去，伙计们。你们被骗了，莫比·迪克绝不会只射出一次奇怪的水柱，然后就消失了。

确实如此，那些人心急了，轻率了，把其他物体当成是鲸鱼喷水。这个情况很快就得以证明。亚哈刚刚到达瞭望处，那根缆绳也刚刚栓在甲板上的钉子上，他立刻奏响了管弦乐队的主旋律，犹如若干来复枪齐声排放，使天空为之颤动似的。接着又响起了三十位身着鹿皮制服的人发自肺腑的、欢欣鼓舞的呼喊，原来莫比·迪克闯入了眼帘，距离大船不到一英里，比想象的喷水处还要近得多。这会儿，白鲸确实在附近露面了，可它没有平静懒惰地喷水，也不见它头上的神秘喷泉涌出安详的水柱。在附近，呈现出更奇妙的跳跃现象，那条巨头鲸以其最快速度从最深处升腾而起，由此将它的整个躯体迅速地展现在纯净空旷的自然环境里；与此同时，水沫令人眼花缭乱，纷纷涌起，高耸如山，七英里开外也看得清清楚楚。

"它在跳呀！它在跳呀！"群情高呼，但见白鲸气势磅礴，像鲑鱼那样将自己抛置空中。如此突如其来，只见在蓝色平坦的海上出现了白鲸掀起的浪花，映衬着寂静湛蓝的天际；一时间，浪花闪烁炫目，犹如闪亮的冰川屹立在那里，随后便逐渐衰微，慢慢消失；起初浪花激奋闪耀，继而又化作河谷里暗淡朦胧的瓢泼大雨。

"好啊，莫比·迪克，这可是你向着太阳的最后跳跃了！"亚哈喊道，"你的时辰快到了，你的标枪即将到来！下来！你们都下来，只留一个在前桅杆！小船准备出发！"

水手们都没有光顾冗长的、用侧支索做的绳梯，他们像流星那样，用着单独的后拉索或升降索滑到了甲板上；而亚哈呢，他虽然没有那么大胆，但也迅速从瞭望台落到了甲板上。

"放下小船，"亚哈一到他的小船边，就喊叫起来。这艘船是备用的，昨天下午才装配好。"斯塔巴克先生，裴廓德号船由你负责，离小船远一些，但也别太远了。放下所有的小船！"

这会儿，莫比·迪克转过了身，正朝三艘小船奔来，好像要对他们加以快速的恐怖打击。亚哈的船居中，他给大家鼓劲，说他要面对面地直取白鲸。这是一种屡见不鲜的做法，也就是朝着它的额头直接划船过去。几乎就在瞬间，好像真的是这样的，白鲸自己剧烈翻腾，速度极快，一下冲入小船群中，嘴颌张开了，鲸尾在急速甩动，疯狂地朝四面八方大动干戈。它毫不理会每个船朝它投掷的铁家伙，似乎只专注于捣毁做成那些船的每块木板。然而，船在灵巧地移动，不停地绕来转去，如同战场上训练有素的战马，不时地避开了白鲸；有时候，船与白鲸相隔仅有一块木板那么窄的距离。这段时间，亚哈的喊声听起来挺怪异的，压住了其他人的喊叫，以至于别的声音变得支离破碎。

就这样，白鲸穿过去又游过来，虽然其演变的轨迹难以判定，但那三根捕鲸索却绕住了它，缠成了一堆乱麻。这会儿，三根捕鲸索在快速地缩短收紧；同时，那些小船也被捕鲸索拽住了，被拖向插入白鲸身上的标枪那里。就在那瞬间，白鲸在缠结的捕鲸索里发起了突然冲击；它这么干，使得深陷其中的斯图布和弗拉斯科的两艘船无法抵御，被拖向白鲸的尾部；白鲸同时冲撞了小船，使得小船就像是两个糠皮外壳，翻滚在海浪击打的海滩上。之后，白鲸一头潜入海里，消失在沸腾的漩涡里。

这会儿，两艘船的水手们依然在水里旋转，一边伸手去抓滚动的索桶、船桨，或其他浮动的用具；小个子弗拉斯科斜着身，在水里起伏上下，像一个空瓶似的，同时不停地抽动大腿，躲避鲨鱼可怕的嘴颌；斯图布起劲地喊叫，要人把他捞起来；亚哈老人的绳索断了，只能用于在奶油色的漩流里尽力救人，拉到谁就把谁救起来。不过，此刻依然是险象环生、岌岌可危。亚哈的小船虽然没有受挫，但似乎被无形的线索拽至空中。原来白鲸像箭一样又从海里垂直射出，它那宽阔的额头撞到了小船的底部，把船送上空中，使亚哈的小船在空中翻来翻去，最后跌了下来，船底朝天。亚哈和他的伙计们从船下挣扎出来，像是海豹从海边洞穴里爬出来似的。

　　白鲸向上冲起时，最初的动力把它自己送到了距离它造成的毁灭中心稍远的地方。这会儿，它背对着现场，躺了一会儿，慢慢地体味鲸尾摇来摇去的感觉。每当一支漂流的划桨、一小块木板、船的小碎片或残余触摸了它的肌肤，它的尾巴会迅速地往后一缩，然后朝侧面的海水猛然击打。没过多久，好像白鲸满足了这一时刻所干的活儿，便将褶状的额头扎入水里，拖着身后缠绕的绳索，像旅游者缓慢行走似的，继续向下风方向游去。

　　和之前一样，裴廓德号船疾驰过来营救，放下一艘小船，捞起漂在水上的水手、索桶、船桨，以及其他可以捞到的东西，并把水手们安全地弄到大船的甲板上。有的水手扭伤了肩膀、手腕、脚的踝关节；有的受了挫伤，皮肤发青。此外，标枪和鱼叉扭弯了，绳索缠绕得难以解开，划桨、船板破损了。所有这些都在甲板上，似乎致命的、严重的伤病还没有落在水手们身上。而亚哈呢，他跟昨天的费达拉一样，只见他现在漠然地靠着他那碎成两半的小船，使得他有点轻松地浮在水面，也没有像昨天的遭遇那样如此筋疲力尽。

　　不过，当亚哈被扶到甲板上时，所有的目光都盯着他。他不是自己站着，而是一直半吊在斯塔巴克的肩膀上。到目前为止，斯塔巴克成了帮助他的第一人。船长的象牙色的腿折断了，只剩下一块又短又尖的裂片。

"哎哟，哎哟，哎哟！这块裂片扎得我好痛哟！该死的命运！在不可征服的船长灵魂里，竟然有这样的懦弱船副！"

"先生？"

"说的是我的身体，老兄，不是你。给我个什么东西当拐杖吧。那根坏了的标枪也行。集合所有人员。肯定，我还没有看到它。天哪，这不可能！失踪了？快！把他们都叫来。"

老人所想的还真猜对了。全体船员集结起来了，帕斯果真不见了。

"帕斯！"斯图布喊道，"他一定是困在……"

"困你个鬼！你们所有的人赶快去上面、船舱、小屋、船头楼，找到他。不会失踪的！不会失踪的！"

但很快，他们都返回来了，说任何地方都找不到帕斯。

"喔，先生，"斯图布说，"一定是被困在缠成一团的绳索里了。好像我看到他被拖在下面。"

"我的绳索！我的绳索！不见啦？不见啦？那我的标枪呢？你看到了吗？那支锻造的铁家伙，老兄，专门对付白鲸的。不，不，大傻瓜！用的是这只手，把它投掷出去的！在鲸鱼的身上！上面的人，盯着它，快！所有的人去准备小船，备齐划桨，还有标枪！那铁家伙，那铁家伙！高高升起最高的船桅，扯起所有的船帆！舵手各就各位！沉住气，一定要沉住气！我要绕行无边无际的地球，绕上十圈，还要直接钻进去，非宰了它不可！"

"伟大的主呀！恳请您现身吧，哪怕一瞬间也好呀。"斯塔巴克大声嚷道，"老人家，您永远、永远也捕捉不到它。以耶稣的名义，别再干了，这可比魔鬼还疯狂。两天追逐，两次小船撞成碎片，你的那条腿又被夺走了，你那不幸的阴影已经消去了，仁慈的天使们都在周围劝说你啦！你还想要些什么呢？我们还要继续追逐这条凶残的鲸鱼，直到它把最后一人殒没才罢手吗？让我们都被它拖到海底去吗？让我们被它拽入地狱吗？哎呀，哎呀，如果继续追逐的话，那可是对主的不敬，是对主的亵渎啊！"

"斯塔巴克，最近和你亲近了，这让我感到奇怪。不过，与白鲸相比较，在我看来，你的脸膛前部如同这只手掌，既无嘴唇，也无特征，一片空白。亚哈永远是亚哈，老兄。整个行动不会改变，命令就得执行。数亿年前，即在这个海洋翻滚之前，你和我就排练过了。傻瓜！我是命运之神的副手，在奉命行事。你呀，是我的下属，要听命于我。伙计们，站在我身边来吧。你们看到了吧，一位老人被砍得只剩下了桩头，靠在坏了的标枪上，撑起一条孤独的腿脚。这是亚哈身体的一部分，但亚哈的灵魂就像一条蜈蚣，有上百条腿在移动。我感到了压力，几乎处境困难，可能我现在就是这副模样。但在我崩溃之前，你们会听到我破裂的噼啪声。除非你们听到那种声音，否则亚哈的绳索就会一直拽着他的目标。伙计们，你们相信那所谓的先兆吗？好，那就高声大笑，再大喊大叫！任何生灵在淹死之前，都会两次浮上水面；当第三次浮上水面后，接着就会永远沉下去。莫比·迪克也不例外，它浮起来两次了，明天将是第三次。对呀，伙计们，它将再次浮上水面，但只为了喷出最后的水柱！伙计们，你们勇不勇敢，有没有胆量？"

"像烈火那样无所畏惧！"斯图布叫道。

"而且一如既往。"亚哈喃喃自语。当水手们向前走来，他又低声说道："既然有所谓的先兆，那么帕斯——帕斯——没了吗？他之前就准备要走了，但在我完蛋前，还会见到他的。怎么会了？这是一个谜，即使现在有许许多多的律师，他们有一长串法官在暗地里，也可能困惑不解。像老鹰的喙在啄我的脑袋似的，我会，一定会解开这个迷！"

黄昏降临了，人们依然看得见莫比·迪克往下风方向游去。

于是，船帆又一次收缩了，一切安排就绪，同昨天夜晚所做的几乎是一样的。不过，铁锤声、嗡嗡的磨石声不绝于耳，快到天亮才消失。借助灯笼照射，水手们为明天一直劳作，精心装备并完善备用船，磨尖新的武器。同时，木匠为亚哈重新做了一条腿，所用材料是亚哈那艘坏船上的断龙骨。跟昨天夜晚一样，亚哈帽子低垂，一动不动地站在舷窗里。

第三十三章　追击，第三天

　　第三天早晨，破晓时分，天空美丽清新。夜间在前桅顶孤独的值班人又被替换了，这一次，是一群群白昼的瞭望者，他们遍及在每一根桅杆上，也几乎分布在每一根翼梁边。

　　"你们看到它了吗？"亚哈喊道，"上面的人！你们看到了什么？"

　　"什么也没有看到，先生。"

　　"什么也没有！那金币无人领取啦！瞧瞧太阳吧！对，对，肯定是这样，航行太快了，超过了它。怎么会呢？跑在它的前面了？咳，现在它在追我啦，不是我追它了，坏了，我早该知道的。傻瓜！它一直拖着捕鲸的绳索，还有标枪呢。对，对，昨天夜晚就追上它了。掉头！掉头！你们大家都下来，只留着固定的瞭望人！伙计们，准备出发！"

　　如果裴廓德号船按照既定方向航行，那么风多少还在船尾。这会儿，既然大船指向了相反的方向，整装出发的裴廓德号船就开始艰难地迎风而行了，在它身后的白色尾波里泛起阵阵奶油色的水沫。

　　"它现在是逆着风朝白鲸张开的嘴颌驶去。"斯塔巴克喃喃自语，"但愿上帝保佑我们，可我感觉身上的骨头发潮了，把肉体里里外外全弄湿了。我真担心自己因听命于亚哈而违背了主的意旨。"

"准备，拉我上去！"亚哈喊道，一边朝麻制的篮子走去，"我们应该很快就看到白鲸。"

"是，是，先生。"斯塔巴克立刻按亚哈的吩咐行事，亚哈又一次被悬挂着，升到了高处。

整整一个小时过去了，金币依然久久地钉在那儿；现在，时间本身好像也久久地屏住呼吸，充满祈望和焦虑。不过，最终还是亚哈发现了水柱，就在船头迎风方向的三个方位点的地方。几乎就在同时，从三个桅顶上响起了三声尖叫，听起来像是着火的舌头发出的叫声。

"莫比·迪克，我们又见面了，这是第三次呀！做好准备！赶快扯动下风转帆索，让船逆风行驶。斯塔巴克先生，离白鲸还远着呢，不到放下小船的时候。船帆在摇动！拿把大锻锤，去看着那个舵手！喔，喔，它跑得真快，我必须下去了。还是让我在高处再好好地望一望大海吧。有时间，还来得及。它说的是什么呢？它应该还走在我的面前，是我的领航员呀。可还能够见着它吗？它在哪呢？如果我走下无穷无尽的阶梯到了海底，我的眼睛还能够看得见吗？整个夜晚，我一直在航行，把它甩在了后面，可它下沉到了什么地方呢？对，对，帕斯呀，说到你自己的时候，你给我讲过许多悲惨的事情。但亚哈呀，你失败了。再见，桅顶，我下去后，你要好好地盯着鲸鱼哟。我们明天，不，今晚再聊吧，那时白鲸已经躺在那里了，它的头和尾巴都绑住了。"

话完后，亚哈一边凝望四周，一边穿过蓝色的天空，稳稳地降落在甲板上。

小船都按时放了下去。亚哈摇晃着站在自己的小船船尾。他的船刚要放下，亚哈就对船副挥了挥手，吩咐正在甲板上、手拿着滑车绳的斯塔巴克停下来。

"斯塔巴克！"

"先生？"

"斯塔巴克，我的灵魂之船第三次起航了。"

"对，先生，是你要这么做的。"

"斯塔巴克，有些船从港口起航了，之后就从此消失了！"

"先生，这是事实，最令人悲伤的事实。"

"有的人死在退潮之地，有的亡于浅水处，也有的倒在高涨的洪水中。斯塔巴克，我现在感到将有一股巨浪会铺天盖地袭来。我老了，和我握握手吧，老兄。"

他们的手握在一起，目光交织，斯塔巴克眼泪盈眶。

"哦，我的船长，我的船长！高贵的心，别去了，别去了！瞧，这是一个勇敢的人在哭泣，可见劝说是多么的痛苦啊！"

"放船吧！"亚哈一边喊道，一边甩开大副的手，"水手们做好准备吧！"

片刻间，小船在大船下绕着船尾划动了。

"鲨鱼！有鲨鱼！"喊声是从大船低处的舷舱那儿传来的，"啊，主人，我的主人，回来吧！"

可是，亚哈什么也没听见，当时他自己的声音既高又激扬，小船也飞跃而去了。

真的，那喊声没错。他刚刚快速离开了大船，就有不少的鲨鱼，似乎突然从船体下的黑暗水域里冒了出来，恶狠狠地撕咬划桨的叶片。鲨鱼一边咬，一边就这样跟着小船。

"心比钢还硬呀！"斯塔巴克喃喃地说，他的眼光越过船舷，目送渐渐消失的小船，"喔！主啊！是什么东西射穿了我，让我如此镇静自若，但又满怀期待。未来之事在我面前游动，好像皆在空虚的轮廓中，在骨头架子里。过去的一切，不知怎的变得昏暗了。玛丽，亲爱的！你在我的身后，可却逐渐地消失在苍白的荣耀里。我的孩子！我看到你了，可好像只见到了你那变得出奇蓝的眼睛。生活里的千奇百怪的问题似乎明朗化了，但浮云却在其间迅速移动。我的旅途终点就要到了吗？我感到腿无力，就像他整天站立着似的。摸一摸你的心吧，还在跳吗？斯塔巴克，振作起来！阻止它，快，快！放声说吧！桅顶上的人呀，你们看见山上我儿子的手了吗？简直疯了！桅顶上的人呀，睁大眼睛盯着那些船呀！切记要注意那条白鲸！喔，又来了！把那只老鹰赶走！瞧，它在啄，在撕扯风向旗。"斯塔巴克手指着飘扬在主桅顶上的红旗，"哎呀，它带着旗帜飞走了！那老人家现在哪里？你看到了那样的场面吗？喔，亚哈！让人震惊颤抖！"

小船还没有走多远，亚哈就看见桅顶上有手臂向下指的信号，得知白鲸已经下潜了。亚哈在想，一旦白鲸再次浮上水面，他就得在白鲸的附近。于是，他继续前行，稍稍偏离了裴廓德号船。水手们保持静默，安静得像是着了魔似的，只有起伏的波浪一次次地迎面击打着船头。

"哦，你们这些海浪，击打吧，把你们的钉子打进去吧！使出全力把钉子打进去吧！可你们敲打的东西没有盖子，那棺材和灵车绝不可能为我准备的，只有绞索才能够置我于死地！哈哈！"

突然，周围的海水慢慢膨胀起来，形成了若干宽大的圆圈，然后迅速地向上隆起，仿佛一座水下冰川从侧面悄然呈现，并迅速涌上

水面。这时，传来一阵低沉的隆隆声响，是水下的嗡嗡声。大家都屏
住了呼吸，只见一个巨大的物体猛然向上跃起，歪着身出了海面，它
后面拖着一串串绳索、标枪、鱼叉。低垂的薄雾像面纱似的罩着那个
物体，它先在彩虹般的空中盘旋，继而扑通落入海里。那物体砸在了
水上，使海水冲上了三十英尺高；一瞬间，如同一堆堆喷泉在闪闪发
光；随后，在一阵水花碎雨中，喷泉纷纷沉没了；留下的海面，重新
搅起了乳白色的水沫，一圈又一圈地环绕着大理石般的白鲸躯体。

"使劲划吧！"亚哈对水手们喊道，所有小船向前冲去。然而，
因为昨天新扎进的铁家伙还在侵蚀着莫比·迪克，它现在还是那么疯
狂，似乎所有的天使从天而降，附在了它身上。在透明的肌肤下，宽
阔的白鲸额头上好像铺满着粗大的筋腱，层层叠叠，搅到了一块。白
鲸一边朝前游动，一边在小船之间甩动尾巴。又一次，它把小船打散
了，标枪和鱼叉被晃荡出了两个船副的小船，船首上半截也被撞坏
了。不过，亚哈的船几乎未受到损害。

达格和奎奎格忙于修补变形的船板，白鲸游走了，离开了他们。
然而，白鲸又转过身，再次朝他们冲过来；同时，白鲸的一面侧腹完
全露了出来。就在那瞬间，突然传来了喊叫声。原来昨天夜晚，白鲸
在转动，拖着的绳索就绕在了它的身上，它的背部被绳索缠了又缠，
绑了又绑，捆得死死的。同时，人们看见了已被撕成只有一半的帕斯
的尸首，他穿的黑色衣服磨成了碎片，他那肿胀的眼睛瞪得大大的，
正对着亚哈老人。

亚哈手上的标枪掉了下来。

"被愚弄了，被耍了！啊，帕斯！我又见到你了。哎呀，你还是

先走了，这个，这就是你指望的灵车吧。你说的话我坚信不疑。第二辆灵车在哪里呀？走吧，船副们，回大船去吧！这些小船现在没用了。如果你们能够及时修好的话，再回到我这里吧。如果不能修好，那么亚哈肯定要遭殃。往下风的方向划吧，伙计们！如果谁第一个要从我站在的这艘船上跳下去，我就给谁一标枪。你们和其他人不一样，是我的胳膊，是我的腿，所以你们要服从我。白鲸在哪里呀？又下潜了吗？"

然而，莫比·迪克好像距离小船很近。这会儿，它平稳地向前游动，几乎从裴廓德号船旁边擦身而过，游动的速度似乎达到了最大限度。现在，它只在乎沿着海里笔直的通道一路前行。

"哦！亚哈。"斯塔巴克喊道，"住手吧，即使到了现在，第三天了，也不会太晚呀。瞧！莫比·迪克并没有找你。是你，是你，在疯狂地找它！"

孤独的小船扯起了船帆，迎着刚刚升起的风，靠着划桨和风帆，迅速朝下风方向驶去。最后，亚哈划到了大船旁，距离很近，近得可以看清楚靠在围栏上斯塔巴克的脸。亚哈在招呼斯塔巴克，让他把大船转过来跟着他走，迅速不要太快，要保持适当的距离。亚哈又抬头瞥了一眼，看见塔希蒂格、奎奎格、达格正急切地登上三根桅顶；同时，他也看到了那两艘被撞坏的小船刚刚吊到了船侧，水手们摇摇摆摆地待在小船里，忙着修船。这时，亚哈发现在桅顶上的风标或风向旗不见了，他便朝刚刚登上瞭望台的塔希蒂格喊道，要他再下去另取一面旗、钉锤、钉子，把旗子钉在桅杆上。

这会儿，白鲸似乎开始放慢了游动的速度，如此快速的小船再次接近了它。究竟是哪方面的缘由，让它放慢了速度呢？是这三天连续遭到追逐而累坏了，还是因为身负缠来绕去的拖累而妨碍了游动，或者是因为暗藏着某些欺诈和恶意，人们不得而知。实际上，鲸鱼最后一次快速游动也不像以前那样跑得那么远了。与此同时，亚哈他们在波浪上滑行，毫无仁慈之心的鲨鱼一直伴随左右，如此执拗地紧跟着小船，如此持续不断地撕咬划动的船桨，叶片成了锯齿状，被咬得嘎吱作响，几乎每划一下，海水里就会出现一些小碎片。

"不理它们！这些牙齿正好成了新的划桨架了。继续划！鲨鱼的嘴颌比柔软的水要好得多。"

"先生，这样一口一口地咬下去，那薄叶片会变得越来越小了！"

"那也能用很久的，足够啦！可谁又能说得准呢？"亚哈低声含糊地说，"这些鲨鱼游过来是为了大吃一顿鲸鱼，还是饱餐我亚哈呢？不管啦，继续划吧！注意，大家振作起来，现在，我们靠近它。掌舵的！你来掌舵！让我过去。"在两个划桨手的帮扶下，亚哈一边说着，一边向依旧急驰的小船船头走去。

终于，小船冲到了一边，与白鲸的侧腹并排齐进。可奇怪的是，白鲸对小船的前行似乎不以为然。也许，白鲸有时就是这样吧。而亚哈呢，他完全置身于烟雾缭绕、薄雾密布之中；这是鲸鱼喷水所致，水雾环绕着那山丘般的白鲸背峰。就这样，亚哈还是贴近了白鲸。他挺胸后仰，双臂高抬举起，投掷出他那凶狠的铁标枪，连同他那更为凶狠的诅咒，一道戳进了那可恨的白鲸。钢化的标枪和诅咒进入了白鲸的眼窝，仿佛陷进了泥沼里；与此同时，莫比·迪克向侧面翻转，痉挛地滚动，靠近小船的侧腹撞上了船头。如此之突然，船倒没有被撞穿，却给撞得歪斜了。当时，如果亚哈没有抓住翘起的船舷，恐怕又要被抛到海里了。结果却是，三个划桨手被抛了出去；其中两个刚一跌下，立刻又抓住了船舷，借助一股涌浪，浮起来与船舷平行，然后猛地一下把自己的身子再掷入船里。第三人无助地落到了船尾，但仍然漂在水里，还在游动。

几乎就在同一时刻，白鲸变得毅力顽强，肆无忌惮，在翻滚的大海里快速地横冲直撞。亚哈朝舵手高声喊叫，要他再放出几圈绳索，并把绳索抓紧；同时，他吩咐水手们在自己的座位上原地转身，朝着目标方向拖船前行。然而，那绳索靠不住了，它刚刚承受到双倍的拉力和拖曳，一下在空中"咔嚓"一声，断裂了！

"我身上是什么东西断了？是一些筋断了吗？又重新接上了。划吧！划吧！朝它身上冲上去！"

小船迎着撞击的海水向前冲去。剧烈的冲击声惊动了白鲸，它转过身，露出了准备攻击的白色额头。不过，它一转动，首先看见的正是逐渐靠近的大船，那黑色的船体；它好像以为这艘大船就是它遭受种种伤害的根源。说时迟，那时快，白鲸扑向了朝它逼近的船头；海水泛起了激烈的、阵雨般的泡沫，白鲸的嘴颌在泡沫中重击猛打。

亚哈犹豫了，他的手击打自己的前额："我渐渐看不见了，你们的手呢？伸到我面前，我好摸着探路。到夜晚了吗？"

"白鲸！裴廓德号船！"划桨手叫道，他们感到非常不安。

"划吧！划吧！我明白了，大船！大船！猛冲过去，伙计们！还不去救援我的大船吗？"

划桨水手们拼命地划着，让小船奋力穿过犹如大锤敲打似的海水。可就在这时，之前被白鲸撞击的那两块木板在船头边爆裂了；几乎在一瞬间，那艘小船暂时就不能使用了，船几乎与海浪处在同一水平线上，海水半淹了小船，水手们不顾海水飞溅，正在竭尽全力堵住裂口，舀出涌进的海水。

与此同时，在桅顶上的塔希蒂格一眼望去，他手拿的铁锤立刻悬而不动了，那半缠在他身上的红旗，连同旗上的格子图案从他身上直直地飘扬起来，就像他自己的心也随之朝前飘动似的。此刻，斯塔巴克和斯图布正站在船头斜桅下，他们和塔希蒂格同时看见了扑过来的怪物。

"白鲸，白鲸！转舵向风，转舵向风！喔，天啊，您万能的、可爱的天啊，现在您紧紧地抱着我吧！如果斯塔巴克必须死的话，可别让他死去，就让他像女人那样昏过去吧。我说，转舵向风，你们这些傻瓜，白鲸的嘴呀！白鲸的嘴呀！难道这就是我真心诚意祈祷的结果吗？难道是我终身忠贞不渝的下场吗？喔，亚哈，亚哈，瞧你干的这些事呀。稳住！舵手，稳住。不，不！再转舵向风！白鲸转过身了，冲着我们来啦！哎呀，它那强硬的额头继续朝前冲来，朝着因职责所在而无法离去的人冲来了。我的主呀，现在救救我吧！"

这会儿，在裴廓德号船头，几乎所有的水手一动也不动地愣住了，手里僵硬地拿着铁锤、碎板材、标枪、鱼叉，就像是他们刚从各自岗位上急匆匆赶来似的。大家的眼睛像中了魔障，都目不转睛地盯着白鲸，看着它一边冲撞，一边怪异地左右摆着它的脑袋，弄得它前面铺满了半圆形水沫。这是惩罚，是迅猛的复仇，是永恒的敌意，通通要发泄无遗。尽管所有的凡夫俗子竭尽全力，但白鲸的前额如同结实的白色拱壁，凶猛地撞击船的右舷头，直撞得船上的人在旋转，船木板在晃动。

有的人脸朝下跌倒了；桅顶上的标枪手们就像脱钩的货车，他们的头在公牛般的颈脖上摇来晃去；他们听到海水穿过裂口倾泻而入，如同山上的激流涌进溪谷。

"裴廓德号船！灵车！第二辆灵车啊！"亚哈在小船上嚷道，"那木料只能产在美洲！"

白鲸下潜了，来到正在下沉的大船的下方，它一边沿着船龙骨游动，一边在振动。然后，它在水下转过身，又迅速地朝水面冲去，最后出现在大船的另一端很远的地方，但离亚哈的船不到几码远。在那里，它静静地躺了一会儿。

"我要转过身子，不对着太阳了。喂，塔希蒂格！让我听听你敲铁锤的声音。哦！裴廓德号船呀，你要壮烈地死去了！难道你要撇下我，非要就此了断吗！难道我这个最卑微的失事船的船长，连最后的荒唐可笑的自豪也要被泯灭了吗？唉，在孤独的生活里孤独地死去吧！哦，我现在感到我的至高无上的伟大就在于我至深无下的悲伤。哈哈！过去经历的惊涛骇浪呀，你现在来吧，从四面最远的域界倾泻过来吧，超越置我于死地的一堆堆碎浪吧！我朝你滚过来了，你白鲸毁灭了一切，但又征服不了一切。我要与你厮斗到底，即使到了地狱中心，我也要朝你刺去；我要和你拼到最后一口气，以解心头之恨。把所有的棺材和灵车沉进同一个水池里吧！既然棺材和灵车与我无缘，那就把我拽走，拖得支离破碎吧！尽管同你绑在了一起，我仍然在追逐你，你这该死的白鲸！都到了这份儿上了，标枪管啥用呀！"

标枪投了出去，受挫的白鲸依然向前飞驰。跟在后面的捕鲸绳索飞速移动，像着了火似的。绳索穿过凹槽，一下被缠住了；亚哈弯下腰，去排除障碍；阻滞得以排除，绳索旋转飞起，缠住了他的颈部。就像土耳其人无声无息地勒死受害者那样，亚哈悄无声息地飞出了小船；水手们还未反应过来时，他已经不知去向了。

转眼间，那沉重的索眼，也就是捕鲸绳索尾端，从完全空洞的绳索桶里飞出了；它先打翻了一个划桨手，继而朝大海猛地冲去，最后消失于海底深处。

小船上的水手们愣住了，一动不动地站立着。片刻后，他们才转过身。"裴廓德号船呢？天啊，大船呢？"很快，他们看到了它那渐渐消失的身影，以及水面上仅有的几根矗立的桅杆。与此同时，有异教信仰的标枪手们依然坚守在沉入海里的瞭望台上，是他们对曾经高耸的瞭望台如此迷恋，或是无限忠诚，还是命中注定的呢，人们不得而知。这会儿，小船自己孤零零的，被一个个同心圆围在中央，所有的水手、每支漂浮的划桨、每根标枪杆，有生命的、无生命的，皆围着同一个漩涡不停地漩转，连同裴廓德号船最小的碎片也被带入漩涡里，很快就无影无踪了。

最后，海浪交叉涌动，淹没了在主桅上往下沉的那印第安人的脑袋。水面上还清晰可见的，只有竖起的、几英寸长的桅顶和飘动的长面旗帜。就在此刻间，一只红色的胳膊和一把向后仰起的铁锤在空中高高举起，那动作像是要把那面旗帜钉在下沉的桅顶上的样儿。空中的老鹰在嘲笑，它跟着主桅冠，向下飞来；碰巧，那宽阔的鸟翅膀扑扑腾腾地拦截在铁锤子与木杆之间。那淹没在水下的野蛮人此刻已经奄奄一息，他让铁锤凝固不动，一直待在那里；由此，那只天鸟发出了天使般的叫声，野蛮人的整个无法逃离的身躯一下就裹进了亚哈的旗帜里，随着他的大船一道沉了下去。像撒旦一样，裴廓德号船不会沉入地狱的，除非它拖走了天堂的某件活物，并把此物戴在了自己的头上。

这会儿，那漩涡依然张着大嘴，小鸟们在漩涡上飞翔尖叫，白色浪花沉闷地拍打着漩涡陡峭的边缘。而后，漩涡全然崩溃了，大海像巨大的裹尸布滚滚而来，像五千年前那样缓缓流动。

尾 声

唯有我一人逃脱，来报信给你。

——约伯

　　戏已终场了。可为什么还有人走上前来呢？因为有人在这次遇难中活了下来。碰巧，当帕斯失踪之后，亚哈船上的头桨手的位置便空了出来，是命运之神让我接替了他。也就在最后一天，有三人从摇摆的小船给扔了出去，其中一人就是我，我掉倒了船尾后面。随后所发生的事情我看得一清二楚，因为我一直漂浮在现场边缘。当时，下沉的裴廓德号船产生了吸力效应，部分吸力掌控了我。慢慢地，我被吸引过去，朝着即将闭合的漩涡方向去了。就在我到达了那里时，漩涡已经平息了，变成了滑软细腻的水塘。最初，我像另一位伊克西翁那样，一圈又一圈地旋转着。然后，那旋转的圆圈在缩小，朝着缓慢旋转的圈轴心靠近，接近在那里的像纽扣形的黑色泡沫。最后，当我转到了生死攸关的轴心时，那黑色的泡沫"砰"一下向上爆开了。当时，冲出水面的是那口救生棺材，它依托灵巧的弹簧而得以脱身，又借助巨大浮力猛然冒起，随后从空中落了下来，漂浮在我身边。我靠着棺材的浮力，漂在温柔的、像吟着哀歌的大海上，差不多度过了一天一夜。鲨鱼在身边滑行，它们不伤害人了，好像它们的嘴颌通通被锁住了。海鹰在飞翔，它们变得不凶猛了，它们的嘴喙也好像都被套住了。第二天，一艘大船驶来了，越来越近，最后把我救了起来。原来，是绕道巡航的雷切尔号船，该船折返回来寻找失踪的人时，找到的却是另一个孤儿。